A. Guillerme

DU MÊME AUTEUR

Aux Éditions Gallimard

INCERTITUDE D'ÉROS, 1984 (« Connaissance de l'Inconscient »).

MOI, MONDE, MOTS, 1996 (« Connaissance de l'Inconscient, Série Tracés »).

LIBIDO OMNIBUS ET AUTRES NOUVELLES, 1998 (« L'Arpenteur » ; « Folio » *n° 3582*).

LES CORPS PERDUS, 2004 (« Blanche »). Prix Ulysse 2004. Prix Cinélect 2005.

PETITE ROUTE DU THOLONET, 2005 (« L'un et l'autre »).

COMME LE MURMURE D'UN RUISSEAU

FRANÇOIS GANTHERET

COMME LE MURMURE D'UN RUISSEAU

roman

nrf

GALLIMARD

À celle qui un jour fut musique…

1

Peu à peu son souffle se calme et il rouvre les yeux. Quelques traits de soleil percent l'abri du grand sapin, dans leur blancheur poudreuse dansent des moucherons prisonniers de la lumière, une vie frénétique, innombrable, un acharnement minuscule. Son corps s'apaise dans la fraîcheur sèche du vent qui a caressé les glaciers avant de se couler dans la vallée. Le silence naît autour de lui, et se peuple du murmure entêté des insectes, de l'odeur verte des mélèzes et de celle, sucrée et poivrée, des champignons. De tout ce que recèle la profondeur bleutée du sous-bois derrière lui.

Il est monté trop vite...

C'est ici que, hors d'haleine, dans le rire des derniers mètres de course à qui atteindrait leur refuge le premier, ils s'abattaient et que leurs corps se mêlaient, souffles confondus, bouches impatientes. La jeune poitrine de Claire, haletante, cherchait l'air contre la sienne.

Il s'allonge tout à fait, à plat dos, pour sentir le contact du sol en tous les points de son corps. Elle avait des aiguilles de pin dans ses cheveux bruns emmêlés, il les retirait une à une. La mince colonne de son cou, une oreille petite, si petite, si parfaite, et son épaule aiguë sous le pull léger, comment est-ce possible ?

Comment peut-on être ainsi délicate et forte, fragile et si rieuse à la fois ? Par quel miracle à lui confiée, offerte, sans retenue ? Ses mains hésitaient, craintives, il les sentait maladroites et grossières.

Elle riait de son regard émerveillé, elle se penchait vers lui et scrutait ses yeux sombres tout proches pour y voir son reflet, elle disait : « Paul ! Embrasse-moi ! » et tendait ses lèvres vers les siennes et au moment où elles se touchaient elle fermait les yeux.

La longue plage de ses paupières closes. Ils avaient seize ans. Elle n'a jamais eu ses dix-sept ans tout proches, il a gardé le collier de pierres vertes qu'il avait acheté, bien à l'avance, pour son anniversaire. Chaque soir, il ouvrait le tiroir, dans sa chambre, défaisait le papier de soie qui à force s'était froissé, regardait le collier et résistait à l'envie de le lui offrir tout de suite. Dix jours encore… Attends ! Plus que huit maintenant. Est-ce qu'il va lui plaire ? Comment seront ses yeux, quel étonnement, quelle lumière, lorsqu'il le lui donnera ?

Il ne le saura pas. Il l'avait emporté lors de la mise en bière. Ce n'était pas elle. Pas ce visage reconstitué, fardé pour qu'on ne puisse voir qu'il avait été fracassé, un visage trop lisse et gonflé. Le drap — dit-on un drap ? — était tiré jusque sous son menton, ses mains étaient jointes sur son ventre, l'une sur l'autre, calmes, elles seules étaient reconnaissables, les doigts fins et longs, il a résisté à l'envie de saisir le plus petit comme il l'avait fait si souvent, incrédule de tant de fragilité.

Sa main égrenait les pierres du collier dans sa poche, et hésitait tandis qu'il la regardait pour la dernière fois. Il avait pensé le déposer sur son cou, mais on n'en voyait qu'à peine la naissance. Le mêler à ses mains, mais il craignit qu'on ne le prît pour un chapelet. Imagina le placer sur les longues paupières bleues, pour les garder pour lui seul, pensa qu'on ne le permettrait pas. Se détourna de ce corps qui n'était plus le sien.

Les cimes étincellent dans le soleil. Il lui en apprenait les noms : les aiguilles de Tré-la-Tête, disait-il, le Col Infranchissable, le Tondu… Rieuse, elle demandait pourquoi ? Pourquoi infranchissable ? Pourquoi tondu ? Ils inventaient. Le soleil gagnait leur abri, il faisait chaud, elle enlevait son pull, émergeait ébouriffée de la laine écrue. Ses jeunes seins aigus sous le tee-shirt de coton blanc…

— Qu'est-ce que tu regardes ?

— Rien !

— Comment, rien ? Tu veux dire qu'il n'y a rien à voir ?

— Non ! Ce n'est pas…

Elle riait de sa confusion et lui embrassait les yeux.

Trente ans ont passé. Le soleil, les arbres, l'odeur de l'herbe et des pins, rien n'a changé. Les montagnes immuables, indifférentes. Le temps n'existe pas là-haut. La mort y règne, absolument.

Ils ont rabattu le couvercle du cercueil et l'ont vissé, méthodiques. De loin, comme un acquiescement, revenait l'écho du glas tandis que le cortège gagnait le petit cimetière à quelques centaines de mètres du village… La dalle blanche à l'abri du mur de pierres sèches…

CLAIRE ETCHEVERRY 1959-1976

Son père, debout derrière lui, très proche, les pelles jettent la terre, elle résonne sur le bois du cercueil au début, puis le bruit s'atténue. Regards qui glissent, qui l'évitent, il les sent. Dans sa poche, le papier de soie percé par les arêtes dures des pierres vertes qui blessent sa paume.

Trente ans. Le collier est au fond d'un tiroir de son bureau, un petit paquet du même papier fatigué. Il l'aperçoit parfois, il ne l'ouvre jamais.

2

— Tu es le dernier à l'avoir vue vivante, disaient les gendarmes. Des détails ! Tout ce qui s'est passé. Recommence !

Il recommençait. Disait qu'ils avaient parlé. De quoi ? Mais… de tout, il ne savait plus ! Ne disait pas les baisers. Disait la descente vers le village en passant par le torrent, en sautant de pierre en pierre, dans l'ombre qui déjà gagnait le versant. Quelle heure ? Cinq heures et demie, six heures moins le quart quand ils s'étaient séparés, ce qui est sûr c'est qu'il était chez lui à six heures. Son père avait confirmé, il était sur le toit de la grange, à réparer des lauzes qui avaient glissé. Il l'avait, de là-haut, vu dire adieu à Claire, près du pont à l'entrée du village, il les avait vus s'embrasser et il avait souri et baissé la tête sur son ouvrage jusqu'à ce que Paul l'appelle depuis la cour. Il n'a pas parlé du baiser surpris. Claire avait poursuivi le long du torrent, en direction du chalet, tandis que Paul rentrait à la ferme. Comment pouvait-il être certain qu'il était bien six heures ? Il s'est fâché quand ils le lui ont demandé pour la troisième fois.

— Parce que j'ai regardé ma montre quand je l'ai vu rentrer, et décidé que je finirais le lendemain, je vous l'ai déjà dit ! Est-ce que vous êtes sourds, à la fin ?

Ils n'ont plus insisté.

Le visage estompé de son père, presque effacé de sa mémoire après tant d'années. Quelques traits restent, toujours les mêmes. Ce jour-là, la colère, les rides plus profondes et durcies autour de sa bouche. Son sourire aussi, lorsque Paul rentrait du lycée pour les vacances. Son père venait toujours l'attendre à l'arrivée de l'autocar. Une étreinte rapide et brusque, un bonheur dans ses yeux las. La tristesse un instant dissipée, mais qui revenait vite. Il y a eu pourtant des années heureuses, avant la mort de la mère, mais il ne parvient pas à s'en souvenir vraiment.

Il a huit ans. Depuis un mois, il habite chez tante Annick, la sœur aînée de son père, qui n'a pas d'enfants, seulement un homme qui ne dit jamais un mot. Un mois pendant lequel, chaque après-midi, le père descend à Saint-Gervais, où la mère est hospitalisée. Remonte le soir, par le dernier car, donne quelques nouvelles brèves, mange la soupe avec eux. Et rentre seul à la ferme, où tout est en souffrance.

Ce soir-là, il avait tardé. La tante avait fini par servir la soupe, on ne parlait pas, on attendait, on ne voulait pas penser. Une voiture s'est arrêtée devant la porte. Un bruit de voix, la voiture est repartie. On attendait. Quelques minutes, le père est entré. Son visage, très gris, très las : ce souvenir-là n'est pas effacé.

Il a hoché la tête en réponse au regard de sa sœur, il s'est assis lourdement et a attiré Paul entre ses genoux, il a posé ses mains fatiguées sur ses épaules. Il a dit, sa voix était basse et rauque :

— Paul… Maman est… morte.

Dans le mot, l'écho étouffé d'un sanglot.

Le père disait toujours « Maman » en parlant d'elle, et même longtemps après il disait encore : « Maman aimait bien les roses trémières, surtout les blanches. »

Au bout d'un temps il s'était levé, et avait poussé Paul vers la tante qui l'avait recueilli contre son ventre, dans le tablier gris dont il sentait encore l'odeur et l'apprêt. Il y appuyait son visage, il voulait pleurer et n'y parvenait pas. Il se répétait : « Maman est morte », il était terrifié de ne rien ressentir, un froid blanc en lui, seulement du froid.

— Reste ce soir, avait dit la tante.

Mais le père avait levé le bras, en direction de la ferme.

— Tu les entends ?

Le meuglement des vaches qui attendaient la traite parvenait jusque-là. Tante Annick hocha la tête. Oui, elle savait. C'était pour dire…

Il est interne au collège, à Saint-Gervais, il a douze ans. Le cimetière, encore : il se tient près de son père, côte à côte avec l'oncle muet, le village entier défile devant eux. Le murmure des condoléances, on enterre tante Annick, que son cœur a brusquement lâchée. On l'a trouvée sur les pierres du lavoir, la main crispée sur le battoir. Les gens disent : « C'est une famille qui n'a pas eu de chance… »

Il y a eu le lycée, à Chambéry, il revenait moins souvent, aux vacances seulement, des vacances tristes. Il rapportait sans joie des bulletins scolaires élogieux que le père lisait lentement. Il enlevait ses lunettes, étreignait brièvement son fils, une accolade bourrue :

— C'est bien, disait-il.

Il hésitait, cherchait des mots. Il finissait par répéter :

— C'est bien…

Puis :

— J'ai pris du mouton chez le boucher, des côtes, comme tu aimes.

Ils mangeaient en silence, dans le soir tombé, sur la grande table de bois ciré de la cuisine, bien trop grande pour deux.

— Demain, disait le père, on fanera le pré du nant.

Paul hochait la tête. Le père le regardait :

— Tu as peut-être du travail de classe à faire ?

— J'ai le temps, disait Paul.

C'était l'année du premier bac. Paul avait rapporté son diplôme et le père le relisait pour la troisième fois, tournait le papier entre ses mains, le posait sur la table pour le reprendre aussitôt.

— On ne va quand même pas l'encadrer ! a dit Paul.

Il y a eu un peu de gaieté entre eux, vite évanouie, Paul entend ce que le père ne dit pas : « Maman aurait été heureuse... »

— Demain, on fauche le pré du nant ? demande Paul.

Le père semble se réveiller brusquement.

— Non, dit-il. Je l'ai vendu.

C'est la première fois que le père vend une parcelle.

— Des gens d'Annecy, dit-il. Le terrain est constructible, ils vont y mettre un chalet. C'était un bon prix.

Il ajoute après un temps :

— Il ne rapportait de toute façon pas grand-chose, ce pré. Trop en pente, et trop au sud. C'est une bonne affaire.

Le lendemain, Paul va jeter un coup d'œil au pré. C'est un endroit qu'il aime bien, l'herbe y est chaude de soleil et sent bon lorsqu'on retourne les andins. Le Nant Blanc, le torrent qui le borde tout au long, y rebondit de cascade en cascade.

Deux hommes s'affairent, arpentent le terrain, plantent des repères. Une grande voiture noire s'arrête sur le chemin en bas du pré. Ils sont trois à en descendre : un homme, grand, les cheveux déjà gris, une femme habillée comme à la ville, vacillant un peu sur ses talons, et de l'arrière de la voiture une toute jeune fille très mince, aux cheveux bruns et courts, vêtue d'une robe de coton blanc qui danse autour de ses jambes. C'est la première fois qu'il l'aperçoit, légère dans le soleil.

L'homme monte à travers le pré rejoindre les arpenteurs, la femme reste auprès de la voiture et les regarde de loin. La jeune fille est partie en courant dans l'herbe haute, vers le torrent. D'où il se tient, Paul sait exactement où elle s'est arrêtée : l'eau s'assagit à cet endroit-là, forme une vasque profonde où l'on peut se baigner, faire quelques brasses. C'est là qu'il a pêché sa plus grosse truite, l'année dernière. Deux saules y font une ombre fraîche. La jeune fille se penche sur l'eau, elle se retient d'une main aux branches et son corps dessine une courbe souple près de celle du tronc incliné.

Dès le lendemain, des engins de terrassement ont envahi le pré, une semaine durant ils ont tracé un chemin, creusé des tranchées et aplani toute la partie supérieure. Quand Paul est reparti, à la fin de l'été, le gros œuvre du chalet était presque terminé. De temps en temps, il venait voir l'évolution des travaux, il n'a aperçu que deux fois la jeune fille, et il ne lui a pas parlé. Un soir, il a vu, en rentrant à la maison, la grande voiture noire arrêtée dans la cour, et le cœur lui a bondi dans la poitrine. Mais l'homme était seul, attablé avec le père, une bouteille et deux verres de vin devant eux. Le père l'a présenté, « Mon fils Paul », l'homme était affable, il lui a serré la main et lui a demandé son âge.

— J'ai quinze ans, a dit Paul.

— Un an de plus que Claire. Claire, c'est ma fille.

C'est ainsi qu'il a su son nom.

L'homme voulait savoir si la petite source du haut, celle qui ne tarissait jamais même pendant les étés les plus chauds, faisait partie du terrain.

— Je ferai analyser l'eau, a-t-il dit, et si elle est bonne à boire, je la capterai pour alimenter le chalet.

Paul et son père n'ont rien dit, mais l'idée que l'eau de la petite source ne soit pas potable leur paraissait incongrue.

— On en a toujours bu, à l'occasion, a dit simplement le père. Il n'y a rien au-dessus, que de la forêt et la montagne.

Paul les laisse à leur conversation, il sort de la pièce, s'assied sous la galerie dans le fauteuil de bois où, le soir à la belle saison, le père vient fumer une dernière pipe. L'ombre a déjà envahi la vallée et gagne rapidement le versant de la montagne devant lui, le soleil s'est retiré sur les crêtes.

Claire. Il répète pour lui seul, à mi-voix :

— Claire…

Il l'imagine buvant à la source, il voit l'eau transparente et fraîche au creux de sa paume.

3

Sa main lisse machinalement les aiguilles de pin sur le sol près de lui. Il regarde sa montre : cinq heures passées, déjà, il va redescendre. Refaire ce même chemin, retrouver le torrent, sauter de pierre en pierre, écouter le bavardage des cascades, apercevoir peut-être le martin-pêcheur qui passait comme un éclair bleu…

— Tu l'as vu, cette fois ?

Elle secouait la tête.

— Vrai ! disait-il, tu le fais exprès !

Il s'arrêtera au pont, obliquera vers la ferme. Laissera partir plus bas, vers le chalet, une silhouette légère, transparente, le goût évanoui d'un baiser. Il se lève, lourdement, le poids des années dans le corps, il écarte les branches du sapin et sort dans le soleil du soir.

Il n'a plus de famille au village, depuis longtemps, il ne croyait pas y revenir. Le père est mort discrètement, il y a bientôt vingt ans, Paul était déjà installé à Paris, il avait quitté l'hôpital et ouvert son cabinet de psychiatre. C'est sa secrétaire qui l'a accueilli un matin, avec le télégramme qui avait été téléphoné juste avant qu'il n'arrive : « Père décédé. Obsèques vendredi. »

Il était signé de l'oncle muet, c'était le seul message qu'il ait jamais reçu de lui. Et quand l'oncle est mort lui aussi, peu après, c'est le couple à qui il avait loué la ferme qui l'a averti. Mathilde et Antoine Régnier : c'est avec eux qu'il va discuter ce soir ; ils veulent maintenant acheter, ils ont mis assez d'argent de côté.

Il ne croyait pas revenir, et lorsqu'ils ont téléphoné, il y a deux semaines, pour lui demander s'il accepterait de vendre, il s'apprêtait à leur dire de régler l'affaire avec le notaire, après avoir fait leur offre. C'est la femme qui a appelé, sans doute plus familière du téléphone, et elle a ajouté :

— On aurait bien acheté le chalet du pré du Nant, il est en vente, mais on ne peut pas en même temps continuer à louer la ferme.

— Je viendrai dans quinze jours, a dit Paul. Début juillet. On réglera ça à ce moment-là.

Il descend vers le village en suivant le torrent, remonte la berge escarpée et s'attarde sur le pont. Ce n'est qu'une passerelle de ferraille et de planches qui dessert un chemin forestier. En contrebas, le nant fait un coude, s'enfonce puis réapparaît un peu plus loin, assagi, près du chalet dont on aperçoit le toit et une partie de la grande terrasse. Il hésite un moment, puis redescend dans le lit du torrent. C'est le chemin qu'a pris Claire, lorsqu'il l'a quittée, et c'est dans les rochers de la partie la plus encaissée, une sorte de canyon en miniature hors de vue du village aussi bien que du chalet, qu'on a retrouvé son corps. À la nuit tombée, après que le père de Claire fut venu s'enquérir, on a commencé à s'inquiéter. Paul voulait se joindre aux recherches, mais son père l'a retenu. Ils l'ont très vite trouvée. Et, tard dans la nuit, les gendarmes sont arrivés à la ferme.

Ça ne pouvait être un accident : elle avait été frappée violemment, plusieurs fois, l'assassin s'était acharné, probablement avec une grosse pierre, a dit le médecin légiste, mais qu'on n'a pas retrouvée sur les lieux. On n'a jamais su qui l'avait tuée.

Il s'est arrêté dans la petite gorge. Le soleil ne pénètre jamais ici, il y fait froid et humide. L'eau se brise sur les rochers, se tord en volutes blanches d'écume, rejaillit, sature l'air d'une brume très fine. Une margelle de grandes dalles, sorte de trottoir naturel toujours trempé et glissant, court tout le long et permet aux pêcheurs de suivre le lit du torrent. Paul venait là, jadis, chercher les truites dans les vasques bouillonnantes où elles se réfugiaient par temps de grosses chaleurs.

C'est là qu'ils l'ont trouvée. Il n'y était jamais revenu.

Plus bas, on ressort au soleil, dans le pré. Le chalet est un peu en contrebas. Paul s'étonne de voir couler le ru qui rejoint le torrent à cet endroit, le remonte jusqu'à la petite source, une centaine de mètres plus haut. Le père de Claire y avait fait installer une vanne pour capter l'eau et alimenter le chalet par des tuyaux enterrés, mais la vanne est ouverte et l'eau coule librement, comme jadis.

Le chalet était déjà occupé quand Paul est revenu pour les vacances d'été, l'année qui a suivi le début des travaux. Quand il n'aidait pas son père, il allait rôder aux environs sous prétexte de pêche. Il l'espérait à chaque instant, l'apercevait presque chaque jour, s'imaginait lui parler, il rêvait qu'il la rencontrait, fortuitement, qu'il osait l'aborder… et s'entendait bafouiller lamentablement sur le temps qu'il faisait. Et chaque fois que son rêve aurait pu se réaliser, il battait en retraite.

Ce jour-là, il ne l'avait pas vue. Il longeait le pré dans sa partie haute, comme aujourd'hui, pour rentrer au village, elle était là devant lui, penchée sur la source, buvant dans ses deux mains en coupe. Les reflets du soleil dans la vasque jouaient sur son visage et dans ses cheveux en désordre. Elle a levé les yeux, elle ne semblait pas surprise, elle lui a souri.

Les mots lui sont venus, sans effort, sans retenue, des mots qu'il n'avait jamais imaginés, un autre Paul, très calme. Il a posé sa canne à pêche :

— Bonjour ! Savez-vous ce qu'on raconte, ici, sur cette source ?

— Non, dites-moi…

— Que ceux qui en boivent tombent amoureux de la première personne qu'ils voient.

Il s'étonne lui-même de cette audace qu'il ne se connaissait pas. Il s'accroupit, recueille un peu d'eau dans sa main, et boit en la regardant dans les yeux.

— Voilà ! C'est fait !

Elle éclate de rire, toujours elle rira ainsi avec lui, pour lui. Il lui tend la main :

— Je m'appelle Paul.

— Et moi…

— Toi, tu es Claire, n'est-ce pas ?

— Comment le savez… comment le sais-tu ?

— Ton père a prononcé ton nom, l'année dernière quand il est venu voir le mien à la ferme.

Deux étés, deux étés seulement. Toujours, avec elle, les mots étaient faciles, venaient naturellement. Il le lui a confié, un jour où elle le taquinait : il devait, disait-elle, connaître beaucoup d'autres filles, à Chambéry !

— Bien sûr ! Une foule ! Non, ne crois pas cela. D'habitude je suis… plutôt timide, embarrassé… Avec toi, c'est différent !

Elle a caressé sa joue du bout de ses doigts.

— Je sais… moi aussi.

Et en riant :

— C'est la source !

Souvent, ils ont ri de bonheur en disant : « C'est la source ! »

Il se penche, prend un peu d'eau dans le creux de sa main et boit, comme ce premier jour, il y a si longtemps. L'eau très froide est une douleur dans la poitrine.

Il descend vers le chalet, s'étonne de voir un volet entrouvert, il le croyait inoccupé. La porte et les autres fenêtres sont closes. Quand il regarde de nouveau le volet, celui-ci est refermé. Le vent ? Il n'y en a pas. On l'aurait doucement tiré de l'intérieur ?

Ou il a rêvé, peut-être…

Il est temps de regagner la ferme, on l'attend là-bas. Il part à grands pas dans l'herbe haute. Se retourne une fois encore : rien n'a bougé.

4

Par la fente du volet, Aline le voit s'éloigner dans le pré, s'arrêter, regarder un instant en direction du chalet, repartir. Derrière elle, la voix rauque de son frère :

— C'est lui, hein ?

Elle ne répond pas.

— Aline, dis, c'est lui ?

Elle soupire :

— Oui, c'est lui.

Elle se retourne. Il est debout derrière la grande table, appuyé des deux mains, penché en avant. Ses bras tremblent un peu, ses mains sont crispées sur le bois sombre. Il a le visage creusé, les yeux perdus des nuits d'angoisse. Elle fait le tour de la table, le prend dans ses bras :

— Baptiste !

Elle sent son corps dur, noué, elle le berce doucement en répétant :

— Baptiste ! N'aie pas peur. Je suis là.

Les muscles crispés se détendent peu à peu et, comme chaque fois, il se tourne vers elle, enfouit sa tête contre son cou. Elle lui caresse la nuque et le berce en répétant :

— Baptiste, là, reste tranquille ! Là, Baptiste, je suis là...

Son odeur, de sueur, de peur. Sous la main d'Aline, la double colonne du cou, les cheveux humides, et les épaules massives où courent encore des frissons qu'elle efface de la paume. Elle seule peut le rassurer ainsi, pense-t-elle et, les yeux fermés, elle guette le calme qui revient doucement dans sa poitrine. Elle seule.

Les bras qui l'enserrent relâchent leur étreinte. Les mains qui agrippaient ses vêtements se détendent, cherchent ses hanches, ses fesses, s'apaisent sur son dos, elle sait ce qu'il lui faut, c'est toujours ainsi après un cauchemar. Il n'a qu'elle, et tant besoin d'elle... C'est une pensée chaude qui l'envahit comme un triomphe, qu'elle laisse grandir et berce dans ses bras, dans son ventre.

Elle rouvre les yeux, détache doucement mais fermement la main qui maintenant prend son sein, s'écarte de lui.

— Non, Baptiste, pas maintenant. Il va falloir rentrer. Et tu n'as pas fini de faucher devant le chalet, on reviendra demain. Tiens !

Elle va chercher la bouteille de vin à demi pleine qu'elle range sous l'évier, rapporte deux verres, qu'elle remplit. Il boit, à petites gorgées, son visage est plus calme, encore parcouru, comme des ombres qui passent, de pensées inquiètes.

— Pourquoi il est là ?

— Il se promène, dit-elle, c'est tout. Les Régnier veulent lui acheter la ferme, c'est pour ça qu'il est là.

— La ferme... elle n'est pas à eux ?

— C'est tout comme. Elle va l'être tout à fait, à eux, maintenant.

— Et... le chalet ?

— Il n'est pas question du chalet, dit-elle. Finis ton verre, on va descendre, maintenant.

Elle bloque les volets, laisse la fenêtre ouverte pour que l'air circule. Range la bouteille, pose les verres dans l'évier. Elle le pousse vers la porte, ferme derrière elle.

Il va chercher la faux qu'il a laissée dans le pré, la pierre à aiguiser qu'il replace dans l'étui de bois à sa ceinture, déplante la petite enclume en se gardant de ses bords coupants, déchiquetés d'avoir été si longtemps martelés. C'étaient les outils du père. Et de son père avant lui, et sûrement encore avant… La chaîne s'arrêtera là, il n'y a personne après. C'est une pensée qui lui vient parfois, confuse et inquiétante. Une image plus qu'une pensée : un grand vide au-dessus duquel il est comme suspendu, qui l'attend. Il regarde l'enclume, longuement, puis l'ajuste à l'étui, met la faux sur son épaule et descend à travers l'herbe haute, à grands pas, pour rejoindre sa sœur.

5

— Il t'a dit six heures et demie, non ?

Mathilde Régnier s'essuie les mains à son tablier et jette un coup d'œil à la grande horloge comtoise :

— Il est à peine la demie, dit-elle. Ne tourne donc pas comme ça !

Antoine est debout devant la fenêtre. Il est rentré tôt et s'est changé, et depuis il ne cesse d'arpenter la pièce. Dans la cour, des poules grattent et picorent autour de la voiture que Paul a garée là tout à l'heure.

— Il avait l'air comment ?

— Comment quoi ? Il est plutôt gentil… enfin, aimable ! De quoi tu as peur ?

— Je n'ai pas peur, mais… on ne l'a pas vu pendant vingt ans…

— Oui, dit-elle. C'est drôle : je l'ai tout de suite reconnu, il n'a guère changé.

— Les gens vieillissent moins vite à la ville. C'est pas comme ici. Il t'a reconnue, toi ?

— En tout cas, il a fait comme si ! Pourquoi, j'ai l'air vieille ?

— C'est pas ça… Dis donc, c'est une voiture toute neuve qu'il a.

— C'est une location. À la gare de Saint-Gervais.

— Tu crois qu'on a proposé assez cher ? Il n'a rien dit ?

— Mais non ! Reste donc tranquille, on va en parler avec lui !

— Quand même, on a fait des travaux. Il a vu le hangar ?

— Il a regardé tout autour, il a seulement dit : « C'est drôle, ça a changé, et c'est pareil. »

— Ça veut dire quoi, ça ?

— Est-ce que je sais ? Il n'avait pas l'air mécontent en tout cas.

— Il manquerait plus que ça ! Il avait donné son accord.

— Mais oui, dit-elle. Calme-toi, ne prends pas les choses comme ça, il n'y a pas de raison.

— Je sais bien, mais quand même… Tiens, le voilà !

Mathilde défait son tablier, arrange ses cheveux. Antoine va ouvrir la porte, tend la main à Paul.

— Entrez donc, dit-il.

Et, avec un petit rire gêné :

— Faites comme chez vous !

Paul lui sourit :

— Plus pour longtemps, dit-il. C'est déjà bien plus chez vous que chez moi !

Mathilde va allumer le four, revient à la table et remplit pour la troisième fois les verres.

— Ce sera prêt dans un quart d'heure, dit-elle. J'ai fait des truites. Vous aimez ça, j'espère ?

— Bien sûr, dit Paul. J'étais tout le temps à la pêche, quand j'étais gosse. Des truites du nant ? C'est vous qui les avez prises ?

— C'est du nant, oui, dit Mathilde, mais ce n'est pas nous. Antoine ne pêche pas. C'est le vieux Charles, vous vous souvenez ? Il connaît tous les coins.

— Bien sûr, que je me souviens ! On le suivait en douce, pour voir où il en prenait. Il doit être très vieux maintenant !

— Quatre-vingts au moins, dit Antoine. Même plus, je crois bien. Mais ça ne l'empêche pas. Alors…

Il lève son verre :

— Santé !

— Santé ! répond Paul.

Il trinque avec eux, repose son verre. L'affaire a été vite réglée, il n'a pas discuté le prix qu'ils proposaient, qui lui semble correct.

— Le notaire nous attend demain à onze heures, dit Mathilde. On va dîner, sinon les truites seront trop cuites. Vous rentrerez vos affaires après ?

— Oui. Je ne vous dérange pas trop ?

— Pas du tout, dit-elle. Je vous ai préparé la chambre de Gabriel. Il ne revient qu'en août, quand il a des vacances. Et encore, pas toujours...

— Il a quel âge, maintenant ?

— Vingt-trois ans passés. Il travaille chez Renault à Annecy.

— Il ne reprendra pas la ferme ?

Mathilde se lève, elle regarde rapidement Antoine.

— On ne sait pas, dit-elle.

Antoine ne dit rien.

— Je vous aide à mettre la table, dit Paul.

Les truites ont un goût très ancien, que plus jamais il n'a retrouvé à Paris. Il se redresse sur sa chaise, regarde autour de lui. Ils ont abattu la cloison qui séparait la cuisine de la pièce qu'on appelait la salle à manger, et que l'on n'utilisait que dans les grandes occasions.

— C'est bien d'avoir fait ça, dit-il avec un geste qui englobe l'ensemble de la salle. Elle ne servait à rien, la petite pièce. On ne pensait pas à ça, dans le temps.

— Vous avez vu le nouveau hangar ? demande Antoine.

Il dit que oui, et que ça doit être pratique pour le fourrage et le tracteur. Et comme il voit une lueur de fierté sur le visage d'Antoine, il fait l'éloge du tracteur, qui lui a semblé tout neuf.

Antoine s'empresse de dire que c'est une occasion, chez Renault, grâce à Gabriel. Paul sourit. Il rencontre le regard aigu de Mathilde, hoche la tête et lui fait compliment pour les truites.

— Et le chalet, vous disiez qu'il est à vendre ?

— Oui. Ils n'y venaient presque plus, et même plus du tout depuis deux ou trois ans. Le père Etcheverry se fait vieux, il a du mal à marcher maintenant.

— J'y suis passé tout à l'heure : ça a l'air entretenu.

— C'est les Sandoz qui s'en occupent, dit Antoine. Vous vous souvenez d'eux ?

— La maison au bas du pays ?

— Oui. Les parents sont morts il y a longtemps. Il reste le frère et la sœur, Baptiste et Aline, vous les avez connus, sûrement, ils sont de votre âge.

— Bien sûr, dit Paul. Aline était plus grande, c'est Baptiste qui était de mon âge. Connu, c'est beaucoup dire, il restait à l'écart, il manquait souvent l'école. Il était un peu… particulier, non ?

— Il est pareil, dit Mathilde, c'est un sauvage, il ne parle à personne.

— Il est demeuré, oui, dit Antoine. Il a même été mis dans une maison spécialisée tout un temps. C'est sa sœur qui l'a repris, après la mort des parents, elle s'occupe de lui, il fait des petits travaux pour la commune. Les Etcheverry les emploient pour entretenir le chalet.

— Ça doit être pour ça que j'ai vu un volet entrouvert. Et… vous devez savoir combien ils veulent le vendre ?

— Ça vous intéresserait ? demande Mathilde sans répondre.

— Je ne sais pas. Avoir une maison au pays, peut-être…

Et, comme il surprend l'air inquiet d'Antoine, il ajoute :

— La ferme, c'était trop grand pour moi, je n'y tenais pas. C'est chez vous maintenant. Mais le chalet, ma foi…

— Vous pourrez demander demain au notaire, c'est lui qui s'occupe de ça aussi, dit Mathilde.

Elle a changé les assiettes, et apporté la tomme. Paul s'en sert une large part. Il demande à Mathilde si c'est elle qui l'a faite. À Paris, dit-il, on ne trouve que de la recuite, ce n'est pas pareil. Ils finissent doucement le repas, en parlant du pays, des changements, des familles qui sont restées et de celles qui ont disparu. Mathilde et Antoine ne sont pas d'ici : ils venaient de Chambéry lorsqu'ils ont loué la ferme, et Paul pose parfois des questions sur des gens qu'ils n'ont pas connus. Vingt ans ont passé, mais ils semblent intimidés comme aux premiers jours.

— Vous n'allez pas reconnaître, là au-dessus, dit Mathilde en montrant le plafond. On a refait les chambres, et installé une salle de bains.

— Ce n'était pas du luxe, dit Paul en se levant de table. J'avais pensé le faire pour mon père, mais il ne voulait rien changer. Je vais chercher mon sac dans la voiture.

Il sort dans la cour. La glace noire de la nuit, le frémissement silencieux des étoiles vives, la masse invisible et pesante des montagnes tout autour, il avait oublié. Il s'attarde quelques minutes, immobile, très petit, très seul. Puis il rentre.

Dans la chambre toute lambrissée, l'odeur un peu étouffante du bois blanc. Des posters aux murs : de chanteurs, de joueurs de football. Il ouvre grand la fenêtre, se déshabille et s'enfouit sous l'édredon de plumes. Il éteint la lumière et reste ainsi, les yeux grands ouverts sur la nuit. Acheter le chalet ? Pour y venir quand ? Il pourrait prendre davantage de vacances : depuis que Laurence est partie, il travaille beaucoup, beaucoup trop peut-être. Les choses auraient peut-être été différentes s'ils avaient eu des enfants.

Ses paupières se ferment sans qu'il s'en aperçoive. La nuit l'envahit, des années confuses s'effacent. Un retour, un repos peut-être.

6

Aline écoute la respiration lourde de son frère assommé par le vin. La plupart du temps il n'en boit que si elle lui en sert, et ce soir elle ne le lui a pas mesuré. Il est étendu sur le dos, tout habillé, en travers du lit. Une petite lampe posée à terre diffuse une faible clarté et projette des ombres vagues au plafond. C'est la seule pièce habitable de la maison, tout à la fois cuisine et chambre. Les autres se sont peu à peu dégradées, il y pleut, et celle-ci ne vaut guère mieux avec son plâtre qui se détache par morceaux des murs tavelés d'humidité. Elle a tiré une des deux chaises paillées et branlantes et, assise près de lui, comme si elle veillait un mort, elle le regarde.

Elle retarde le moment où il lui faudra le déshabiller. La fatigue, la tristesse alourdissent ses bras, pèsent sur son dos, engluent ses pensées. Durer, durer encore, survivre… Le soir, quand elle s'arrête et s'assoit, le temps s'ouvre devant elle comme un chemin gris dans un brouillard gris. Comme la maison, ils meurent peu à peu, il n'y a rien à attendre, que des jours tous semblables, et la seule chose certaine c'est qu'elle ne doit pas mourir avant lui parce qu'il serait perdu. Elle pense parfois à leur mère, qu'ils ont vu sombrer en quelques semaines après la mort du père. Après cette nuit d'orage où ils l'ont cherché, criant son nom dans le noir parce qu'il était très tard et qu'il n'était pas rentré.

Ils avaient pensé à un accident : le père coupait son affouage dans un bois au-dessus du torrent. Un arbre qui tombe mal, une hache qui ripe… Peu de temps auparavant, on avait trouvé un forestier vidé de son sang, il avait glissé et était tombé sur le fer de sa cognée, il avait dû tenter de rentrer malgré la terrible blessure qui lui entaillait l'épaule et il s'était écroulé à mi-chemin. Ils avaient tous trois cela en tête, sans se le dire, alors qu'ils parcouraient en vain, ruisselants sous l'averse, la coupe où il avait travaillé dans la journée. Des éclairs illuminaient brièvement le sous-bois d'une clarté verte qui aveuglait et fixait dans les yeux, pour quelques secondes, un instantané blême des troncs et des fourrés.

Ils étaient rentrés, abrutis d'impuissance. La mère avait hésité, attendu encore, puis au petit matin elle avait décidé d'aller réveiller l'instituteur, pour téléphoner aux gendarmes. Aline s'était proposée, mais la mère lui avait dit de rester veiller sur son frère. Depuis qu'il était petit, Baptiste était bizarre, silencieux, imprévisible. On l'avait plusieurs fois retrouvé à quelques kilomètres du village, marchant sur la route, incapable de dire où il allait. Et il fallait que quelqu'un soit à la maison, dit encore la mère, au cas où le père rentrerait.

Elle s'est endormie dans le fauteuil. Sa mère la secoue violemment, elle hurle : « Ton frère, où est ton frère ? » Elle ne sait pas. Le père, le frère, disparus dans cette nuit des catastrophes. Elles sortent dans la cour, dans le petit matin lavé par l'orage.

Un grincement, la porte de la grange qui bat dans le vent. Elles sont clouées sur le seuil de la maison, immobilisées comme dans ces rêves où l'on cherche en vain à s'enfuir. C'est Aline qui s'arrache la première, qui court comme entravée, ralentie, dans un tunnel de silence, avec des jambes qu'elle ne sent pas sous elle.

Baptiste est là, debout, immobile. Son visage, une gargouille de pierre. Le père est monté dans le foin, il a attaché la corde à une poutre et s'est laissé glisser. Aline ouvre la bouche, mais aucun son n'en sort. Elle se retourne vers sa mère, elle voudrait la supplier, elle ne sait pas de quoi. Le visage du père, torturé, obscène, pivote lentement.

Elle soupire, se penche sur le lit et délace les chaussures de son frère, les retire et les pose à terre. Elle défait la ceinture de son pantalon, tente de le lui retirer, mais il est si lourd que, ce soir, elle renonce. Avec peine elle parvient à tirer la couverture pour la dégager et l'en recouvrir. Elle se déshabille avec des gestes mécaniques, enfile sa chemise de nuit, elle éteint la petite lampe et se glisse auprès de lui. Se colle à son dos inerte, cherche sa chaleur contre son ventre, contre sa poitrine et, sous son bras qui le recouvre, son souffle lourd et régulier. Elle reste ainsi, les yeux ouverts dans le noir, et se noie dans la nuit qui peu à peu l'envahit et les engloutit tous deux.

7

Quand Paul descend, Mathilde s'active déjà dans la cuisine. Elle lui verse un bol de café, qu'il emporte sur le seuil et boit à petites gorgées en regardant le soleil qui incendie les crêtes descendre dans les combes et gagner peu à peu la vallée. L'air est vif et frais, une peignée de nuages vogue dans le ciel clair au-dessus des aiguilles de Tré-la-Tête. Des éclats de glace verte brillent dans la moraine du glacier qui se dresse comme un mur au-dessus de la cime des mélèzes.

— Il va faire beau, dit-il. Vos vaches sont en alpage ?

Mathilde vient le rejoindre sur le seuil.

— Oui. Antoine est monté tôt pour la traite, il redescendra à temps pour le notaire, j'espère.

— Il est seul ?

— Il y a un vacher qui demeure là-haut pendant la saison et qui l'aide. Et moi, je monte deux fois par semaine, pour le fromage. Plus s'il y a de l'orage, parce que…

— Parce que le lait risque de tourner, dit Paul en souriant. J'ai fait ça, moi aussi !

— C'est vrai, dit-elle comme en s'excusant. J'oublie. Alors… vous penseriez peut-être racheter le chalet ?

— Je ne sais pas. C'est une idée qui m'est venue, quand vous m'avez dit qu'il était à vendre. Mais il faut voir. J'en parlerai avec le notaire tout à l'heure. Les Etcheverry n'y venaient plus du tout ?

— Mme Etcheverry est morte il y a au moins dix ans. Le cancer, à soixante ans à peine, la pauvre. Et lui se fait vieux. Il est venu encore un temps, quelques années, avec sa fille, mais on ne les a pas vus depuis longtemps.

Paul reste immobile, son bol vide à la main.

— Sa fille ? dit-il enfin.

— Oui. Vous savez sûrement, c'était de votre temps, il y a eu un drame chez eux, une première fille qui a été tuée. C'est ce qu'on dit du moins, les gens n'en parlent pas beaucoup, nous on n'était pas encore là à l'époque. Et ils ont eu une autre fille, sur le tard, Béatrice. On la connaît bien, on venait juste d'arriver, elle venait souvent ici jouer avec Gabriel. Elle avait deux ans de plus que lui, elle doit avoir vingt-cinq ans maintenant.

Paul rentre dans la cuisine, pose le bol sur la table.

— Je vais aller faire un tour au chalet, dit-il. Je reviendrai pour dix heures, j'ai largement le temps.

— Vous savez, c'est fermé là-bas. Ce sont les Sandoz qui ont la clé. J'ai vu Baptiste qui fauchait autour du chalet hier, mais il n'y sera pas avant dix heures, l'herbe est encore humide.

— Je verrai bien, dit Paul, au moins dans quel état il est à l'extérieur.

— Aline l'aère régulièrement, il n'y a plus de ménage à faire maintenant. Et Baptiste fait des petits travaux, quand il faut. Je sais qu'il y avait eu une inondation l'hiver dernier, des tuyaux avaient claqué avec le gel, mais ils ont coupé l'alimentation de la source et le plombier est venu réparer. Sinon, ça semble en bon état. Je vous ai dit : on y avait pensé pour nous, un temps, quand on a su qu'ils vendaient, mais ce n'était pas possible. J'aurais bien aimé, pourtant…

— À tout à l'heure, dit Paul en s'éloignant.

Le chemin qui dessert le chalet ne mène pas plus loin : au-delà, c'est le torrent, et la forêt. Une partie du pré devant la terrasse a été fauchée, des bouquets d'arbrisseaux plantés de-ci de-là pour l'ornementation soigneusement dégagés. Les bois ont besoin d'une couche de vernis, mais ne semblent pas attaqués et les lauzes grises de la toiture paraissent saines. Portes et fenêtres sont clos, et le soleil matinal a envahi la terrasse. Il est venu ici quelquefois, intimidé par les parents de Claire qui lui faisaient pourtant bon accueil. Le père avait semblé favorablement impressionné :

— En terminale au lycée de Chambéry ? Quel âge as-tu ?

— Seize ans.

— Bien ! Et que comptes-tu faire ensuite ?

— PCB, avait-il dit. Et médecine, à Lyon. Si tout se passe bien.

— Il n'y a pas de raison. Claire préfère les lettres, elle. Mais elle a dû t'en parler.

— Oui, un peu.

La mère de Claire était plus réservée à son égard, il se sentait mal à l'aise avec elle.

— Elle craint pour sa fille, avait dit Claire.

— Elle craint… quoi ?

— Que je ne sois… que je n'éprouve des sentiments… enfin, que je m'attache à… comment dit-on dans les livres ? un vil suborneur !

— Et… elle a raison ?

— Ma mère a toujours raison, a dit Claire en s'enfuyant dans un éclat de rire.

C'était le dernier été. Quelques jours avant qu'on ne la trouve, là-haut, dans la petite gorge.

Il fait le tour du chalet, puis coupe à travers pré pour rejoindre le torrent. C'est là qu'elle a couru, la première fois qu'il l'a vue. La grande vasque tranquille, avec sa plage de graviers et les deux saules qui s'inclinent sur l'eau transparente, tant d'années ont passé et tout est identique, inchangé, indifférent. Les arbres sont sans doute plus grands, mais ce n'est guère perceptible. Il appuie une main sur le tronc, sur l'écorce rugueuse, là où elle s'était accrochée pour se pencher sur l'eau. Pense au corps gracile qui en épousait la courbe, repousse comme un danger le souvenir trop net. Écoute le murmure de l'eau, en goûte la fraîcheur sur son visage. Des reflets dansent sur le fond rocheux. Une libellule surgie de nulle part est là, brusquement devant lui, au milieu du bassin, un long corps d'émail bleu immobilisé dans la vibration des ailes invisibles. Ses yeux sont deux perles noires. Est-ce qu'elle le regarde ? Il ne bouge pas, il devient minéral, compact et sans pensées, cela ne dure qu'un instant. Quand il voit de nouveau, la libellule disparaît.

Ils se sont souvent baignés ici. Ils s'étendaient sur l'herbe pour se sécher, l'un à côté de l'autre, elle approchait sa main, d'un doigt parcourait rêveusement le dos de la sienne, ils fermaient les yeux et le soleil les enveloppait.

Les gendarmes sont revenus plusieurs fois l'interroger, il répétait mécaniquement les mêmes réponses aux mêmes questions, le père s'encolérait, lui se sentait vide, déserté. Ils ont questionné tout le village, personne ne pouvait être là-bas à cette heure-là. On n'avait pas vu d'étrangers dans la région.

Entre eux, Paul et son père ne parlaient pas du meurtre.

C'était la fin de l'été. Il avait une bourse, une chambre à la Cité universitaire, il s'en allait à Lyon pour l'année de PCB, un moment qui aurait dû être joyeux et qu'il a traversé comme un désert. Il pourrait revenir aussi souvent que lorsqu'il était interne à Chambéry, Lyon était à deux heures de train à peine, mais c'était différent, une sorte de grand départ triste.

— Tu n'as pas de vacances à la Toussaint ? demandait pour la troisième fois le père.

— Non, mais je pourrai sûrement revenir pour deux ou trois jours.

— Il ne faut pas que ça prenne sur tes études. Tu verras.

Ils ont fait tous deux ses bagages, deux valises vite remplies. Le père lui a donné une enveloppe qu'il avait dû préparer longtemps à l'avance. Cachetée, avec l'inscription soigneusement tracée, « Pour Paul », majuscules à l'ancienne, pleins et déliés.

— Pour attendre ta bourse. Et en cas de besoin. Et écris-moi.

Il l'a accompagné au car. Paul l'a embrassé, il s'est étonné de sentir la peau si douce sur les joues de son père et que celui-ci prolonge quelques secondes leur étreinte. Une petite vague douloureuse lui monte dans la poitrine, il secoue la tête et redescend à grands pas vers la ferme.

8

— Je vous suis, dit Paul en montant dans sa voiture.

Il ne retournera pas au village, il doit regagner Paris ce soir. Il a proposé aux Régnier de les inviter à déjeuner à Saint-Gervais, après le passage chez le notaire, mais Mathilde a décliné :

— On doit monter en alpage, il y a du travail. Et puis, vous aurez à parler avec le notaire, pour le chalet. Ce sera pour une autre fois. Vous allez bien revenir ?

— Peut-être, a dit Paul. Oui, probablement.

Elle ferme la porte, gagne la voiture où Antoine l'attend. Ils se sont habillés, elle porte un tailleur de laine vert, trop chaud pour la saison, et Antoine le costume noir démodé qu'il sort pour la messe et les grandes occasions.

— C'est eux, là, ils s'en vont ?

Baptiste montre les deux voitures qui quittent le village et s'engagent sur la route de Saint-Gervais.

— Mais oui, c'est eux, dit Aline. Je te l'ai dit, ils achètent la ferme, ils vont sûrement régler ça chez le notaire.

— La ferme, ils la louaient à lui, c'est ça ?

— Voilà ! Tu as compris.

Elle lui arrange son col de veste, tout en marchant.

— Et… le chalet ?

— Mais je t'ai déjà dit que ça n'a rien à voir avec le chalet !

Elle hésite à poursuivre. Depuis plusieurs mois, elle sait que le chalet est en vente, mais elle n'en a rien dit à Baptiste. Il sera bien temps quand ce sera fait. Mais depuis hier, trois fois il lui a posé la question, comme s'il pressentait quelque chose.

— Le chalet, il n'est pas à lui, hein ?

— Qu'est-ce que tu vas me chercher ? Bien sûr que non ! Tu sais bien qu'il est à M. Etcheverry. Baptiste ! Qu'est-ce que tu as ?

Il s'est arrêté, a posé sa faux et s'est assis sur le talus herbeux. Il a sorti son mouchoir et s'éponge le front, les yeux fixés dans la poussière du bas-côté. Le soleil n'est pourtant pas très chaud encore. Elle s'assied à côté de lui, pose sa main sur son bras, le sent dur et tendu.

— Qu'est-ce que tu as ? Ça ne va pas ? Ça recommence ?

Il ne répond pas. Le menton sur la poitrine, les yeux vagues, il dodeline de la tête et son buste lui-même oscille d'avant en arrière. Sa bouche est entrouverte, molle, et un son ininterrompu, très bas, en sort, plainte et grondement à la fois. Elle l'a déjà vu ainsi, à plusieurs reprises, s'absenter durant de longues minutes, inaccessible. Ce balancement lui fait toujours inexplicablement peur : il est tout à la fois doux et d'une terrible violence. Elle a tenté, les premières fois, de l'arrêter en l'entourant de ses bras, en le serrant contre elle, et, avant qu'il ne la rejette violemment dans une explosion de tout son corps, elle a pu côtoyer, éprouver fugitivement en elle-même la nécessité vitale, absolue et effroyablement solitaire de ce mouvement d'animal traqué, de ce dernier refuge dans le chaos. Impuissante, le cœur désolé, elle est restée près de lui, aussi près que possible et pourtant très loin, à attendre son retour.

Ce jour où ils ont trouvé le père dans la grange… L'écho jamais éteint du cri, du râle de sa mère, qui s'est poursuivi sans répit, sans qu'elle reprenne souffle, tandis qu'elle tentait dans un geste dérisoire, de ses deux bras et de son buste noués autour des jambes inertes de son homme, de le soulever. Les jambes cédaient, molles et lourdes comme des sacs de son. La mère semblait si petite et frêle, dans son impuissance, et le corps du père immensément grandi au-dessus d'elle.

Aline avait tenté en vain de l'en détacher, puis elle avait saisi une bêche, était montée dans le foin et, à coups désespérés du tranchant, avait fini par cisailler la corde sur la poutre. Ils s'étaient écroulés, le père sur la mère, et de là-haut, horrifiée de son geste, elle avait regardé leurs corps immobiles et enlacés, une sorte de signe noir, indéchiffrable, tracé sur la terre battue de la grange, dans la poussière qui retombait.

Puis les gendarmes que la mère avait appelés étaient arrivés, les avait séparés, et c'est alors qu'elle s'était aperçue de l'absence de Baptiste. Elle est sortie, elle criait son nom, il ne répondait pas. Il n'était pas très loin : assis sur les marches, recroquevillé contre le chambranle de la porte, les genoux et le menton sur la poitrine, il se balançait et geignait faiblement, et dans sa plainte, tout comme aujourd'hui, se prolongeait, se poursuivait, assourdi et sans fin, le râle de la mère.

Mais non, ce n'était pas la première fois. Quelques semaines auparavant, elle l'avait trouvé ainsi prostré contre la margelle du puits. C'est l'évocation des gendarmes qui le lui rappelle : ils étaient présents ce jour-là, ils interrogeaient les gens un peu partout, on venait de retrouver le corps de la petite Etcheverry au bord du torrent. Il y avait une grande agitation dans tout le pays. C'est toujours lorsqu'il se produit quelque chose d'inhabituel, des changements, un émoi autour de lui, que Baptiste se replie ainsi, s'évade. Déjà lorsqu'il était tout petit et qu'elle le promenait : l'aboiement d'un chien, la voix un peu rude et trop forte d'un paysan rencontré sur le chemin le figeaient sur place et Aline devait le bercer longuement pour le ranimer.

Elle s'est souvent demandé ce qu'ils deviendraient si l'un d'eux tombait malade, s'il fallait l'hospitaliser. L'idée la terrifie. Elle ne peut pas penser Baptiste loin d'elle, sans elle : il ne survivrait pas, elle en est certaine. Souvent, elle aimerait mourir, mais elle n'en a pas le droit. Elle veille. Elle attend.

Qu'elle ne s'approche pas, elle derrière ce pan d'espace oblique et transparent qui les sépare ! Si elle bouge, il perdra le peu de consistance où il se maintient à peine. Le moindre geste, le plus petit contact le transperce sans rencontrer de résistance. Ils ne savent pas ! Les voitures qui ont disparu là-bas lui ont labouré le corps, est-ce un corps quand ça n'a pas d'intérieur et que ça s'étend sans frontières ? Il se tient à la limite entre deux mondes, il s'accroche à une sensation unique et précieuse, ce point douloureux dans la nuque que sollicite son balancement et qu'il ne doit surtout pas oublier. Comment tenir les pensées à l'intérieur ? Elles passent, elles traversent, comme le vent traverse les feuilles de l'arbre. Qu'elle ne bouge pas, mais qu'elle ne s'éloigne pas non plus ! Le poinçon aigu dans sa nuque et elle, immobile et un peu floue comme derrière une vitre, ça fait un dedans et un dehors, ça vacille, c'est fragile, mais il n'y a rien d'autre. Si ! Le rythme lui-même, la cadence de son balancement. Ça met de l'ordre et un minimum de vie. C'est pour ça qu'il aime tant faucher : se redresser, laisser la faux remonter puis redescendre et entraîner ses bras, son tronc, tout son corps qui s'abaisse et pivote, la lame file à ras de sol et siffle en coupant les herbes, aller jusqu'à bout de course puis revenir, le pré plus vert chaque fois là où l'herbe est tombée, sans résistance, il y a un chemin, une odeur, le monde s'ouvre, s'ordonne et s'apaise et lui en même temps.

Sa main se pose sur la faux près de lui. Il regarde sa sœur. Elle voit qu'il est de retour, qu'il est là de nouveau, dans ses yeux réhabités.

9

À peine une heure depuis le départ, les montagnes ont disparu, le paysage qui défile derrière la vitre s'est adouci : des champs, des chemins, des haies que souligne d'un trait d'ombre la lumière rasante du soir, des vallées que la nuit gagne déjà. De toutes petites gares de campagne surgissent et disparaissent aussitôt, et avec elles le brusque fracas éveillé par le train. Une courbe, parfois, lui permet de voir la motrice et les voitures de tête, leur course têtue qui aborde et épouse le flanc d'une colline, un mouvement continu, implacable, qui l'entraîne et le rend étranger au calme du soir, aux hommes qui ont laissé leurs tracteurs en bout de champ et rentrent chez eux, aux villages entrevus au passage.

Paul se cale dans son siège, étend ses jambes. Il y a très peu de voyageurs dans la voiture de première, il y règne un faux silence feutré, une immobilité lancée à deux cents à l'heure. À minuit à peine il sera à Paris, il sortira de la gare dans les lumières crues des néons, les rouges, les blancs, les bleus trop vifs, et les noirs humides, épais, ces noirs qui n'existent que dans la ville. Il attendra un taxi, donnera son adresse. Traversera la Seine et comme chaque fois regardera les rubans de couleurs qui jouent dans l'eau sombre, la découpe de Notre-Dame sur le ciel rouge et la foule encore dense des passants sur les quais. Là-bas, loin derrière lui, dans la montagne, tout dormira depuis longtemps, quelques lumières éparses seulement qui percent la nuit. Perdues, solitaires dans les hauteurs, et on hésite : des maisons, ou des étoiles ?

Il arrivera chez lui, dans les rues plus calmes, jettera un regard inutile à ses fenêtres sombres avant d'entrer dans l'immeuble. Il n'y a plus personne pour l'attendre, depuis maintenant deux ans, depuis que Laurence est partie. Elle n'aurait pas aimé l'idée du chalet, elle trouvait la montagne rude et hostile. Elle voulait de la mer, du sable et du soleil, elle avait une peau dorée même en hiver, il lui restait toujours ce triangle plus blanc qu'il regardait danser lorsqu'elle sortait, nue, de la chambre.

Que serait la solitude, là-bas au chalet ? Sur la terrasse, dans la nuit de la montagne ? Dans les flammes d'une cheminée où brûle doucement le bois qui a passé l'hiver entassé sous l'auvent ?

Il s'attendait à un prix élevé, au-dessus de ses moyens et qui lui aurait évité d'y songer davantage, mais le chiffre avancé par le notaire l'a étonné : bien inférieur à celui qui avait conclu la vente de la ferme. Il aurait encore largement de quoi faire des travaux, si c'était nécessaire. Il a dit qu'il allait réfléchir, et qu'il reviendrait visiter plus précisément le chalet s'il donnait suite. La vente peut se faire dès qu'il l'aura décidé, le notaire a reçu pouvoir du propriétaire, qui ne souhaite pas se déplacer. Il lui a aussi indiqué un entrepreneur de confiance pour se faire conseiller, tout peut aller très vite. Presque trop.

Il ouvre sa porte, allume, dépose son sac dans l'entrée. Il se demande si c'est un effet de son imagination, cette matité des sons, cette absence d'écho dans l'appartement vide, il lui semble que c'était différent lorsque Laurence était là. Il traverse les pièces trop nombreuses pour lui, poisson solitaire dans un aquarium que personne ne regarde. C'est une sensation étrange, qui s'atténue peu à peu mais continue à le surprendre parfois, le soir en particulier : qu'il n'y ait personne qui entende le bruit de ses pas, qui puisse voir chacun de ses gestes, même le plus banal. Il lui arrive, dans une sorte de dérision triste, de lancer une remarque à haute voix et d'écouter ses paroles se perdre dans le vide. Ce doit être ainsi dans le désert : un appel s'éloigne de dune en dune, se meurt au loin dans le sable, rien ne revient, tout se dissipe et la vie s'évapore.

À Laurence, il avait confié un jour cette nécessité de son regard, de sa présence, de son écoute autour de lui. Que, même en son absence, chacune de ses pensées lui était adressée, qu'il lui parlait sans cesse, que lorsqu'il contemplait un paysage, regardait un objet, il le lui montrait. Il le lui avait dit comme une preuve d'amour, et il se souvient de la réticence qu'il avait lue sur son visage, de ce retrait imperceptible de tout son corps. Elle était restée silencieuse, crispée. Mais quelque temps plus tard, lors d'une de ces altercations violentes qui éclataient de plus en plus souvent entre eux, pour des motifs futiles qu'il ne parvenait jamais à se rappeler, elle y avait fait allusion. De l'air, criait-elle, il lui fallait de l'air, il ne le voyait donc pas ? Ce n'était pas la peine d'être psychiatre pour ne pas comprendre cela, qu'elle étouffait avec lui, qu'il l'utilisait, qu'il abusait d'elle, qu'il lui parlait peut-être tout le temps mais ne l'écoutait jamais.

Il était resté stupide, et d'autant plus ébranlé qu'une autre femme, jadis, lui avait elle aussi dit cela, avec les mêmes mots, et il avait éprouvé le même sentiment d'injustice et d'incompréhension. Laurence était partie peu après, rejoindre un homme qui était un vrai homme, lui, disait-elle, pas un enfant en quête d'une nourrice. Des mots pour blesser, pour rompre violemment les derniers liens entre eux, une nécessité qu'il sentait vitale, mais qu'il ne comprenait pas et qui le laissait meurtri.

Il se sert un grand verre d'eau et erre dans l'appartement, retardant le moment d'aller dormir. Ouvre la fenêtre et sort sur le balcon. La ville est calme, quelques rares fenêtres sont encore éclairées. Un mince croissant de lune s'accroche aux toits…

Claire près de lui, tous deux côte à côte dans l'herbe près de la source. Une lune égarée en plein jour flottait, ronde et blanche au-dessus des crêtes. Il lui avait confié, rougissant un peu, que parfois, la nuit, au lycée, lorsqu'il ne dormait pas et que la lune s'encadrait dans le rectangle sombre de la fenêtre du dortoir, il se disait qu'elle la regardait peut-être, elle aussi, la même lune au même instant, et que sans le savoir leurs yeux se rencontraient là-haut.

— Attends-moi, je reviens tout de suite !

Elle était descendue en courant au chalet, en était ressortie très vite pour le rejoindre, essoufflée, souriante, de la lumière plein les yeux. Elle avait rapporté un cahier qu'elle a feuilleté fébrilement, cherchant page après page, et qu'elle lui a tendu.

— Lis cela. Seulement cela, d'accord ? C'est mon journal, je ne le montre à personne.

L'encre bleue, l'écriture appliquée, encore enfantine.

Hier soir, j'ai regardé la lune. Et j'ai pensé qu'au même moment mon Paul la regardait lui aussi, et j'ai envoyé un baiser pour qu'il rebondisse là-haut et revienne sur sa bouche. Et j'ai aussi pensé…

Elle lui a vivement retiré le cahier.

— Le reste, ça ne te regarde pas !

Leur émerveillement, lorsqu'ils constataient qu'ils avaient souvent à l'esprit la même pensée, la même image, au même instant :

— Regarde, à droite du col de la Cycle…

— Le crocodile ?

— Tu l'as vu ? Le museau vers le bas, dans l'éboulis ?

Ils riaient.

Il pense rarement à ce temps-là, ces deux années si brèves. Elles sont conservées dans un recoin de sa mémoire, préservées des regards. De son propre regard. Un endroit qu'il sait exister, mais qu'il ne visite que rarement et seulement par inadvertance, lorsque quelque errance de pensée l'y a conduit sans qu'il le veuille, et il s'en retire très vite. Il y a là des visages pâlis par le temps et que la lumière du jour achèverait d'effacer, celui de son père et, plus incertain encore, celui de sa mère, et même, alors qu'il ne l'a jamais vu, celui de la sœur morte peu avant sa naissance, qu'il n'a connue que dans les yeux tristes et les silences de ses parents.

Un caveau de famille !

Il hait les cimetières.

Il rentre dans la pièce vide, referme la fenêtre, il est fatigué, il va dormir.

10

Prendre garde à ce passage : la roche lisse et légèrement déclive, toujours humide des embruns de la cascade, est traître sous le pied. Le vieux Charles connaît chaque pierre, chaque remous du torrent, et les voûtes d'ombre masquées par l'écume que le courant creuse sous la berge et où gîtent, à l'affût, les plus grosses truites. Il sait aussi que lorsqu'il en capture une, quelques semaines plus tard une autre aura pris possession de l'endroit, il sent d'instinct quand le moment est venu d'y retourner, il connaît comme s'il en participait cette vie invisible, ce monde de fraîcheur vive, longues immobilités et ruées soudaines, peurs et faims mêlées sauvagement.

Il s'assied un peu à l'écart, appuie sa canne au rocher près de lui et ouvre sa musette, en sort une vieille boîte de fer au couvercle percé de trous. Tout à l'heure, dans le pré, il est resté un long temps immobile jusqu'à ce qu'un mouvement furtif dans l'herbe, tout juste entrevu du coin de l'œil, l'alerte. Il a pris dans son sac une petite binette à manche court, et dégagé le trou où le mulot a disparu. Quelques coups prudents : la mère n'était plus là, cachée on ne sait où, mais dans le nid tapissé de poils il a trouvé cinq minuscules petits, nus, roses et aveugles, presque embryonnaires, agités de mouvements lents et désordonnés, qu'il a cueillis un à un.

À l'extrémité de sa ligne, il monte un gros hameçon, puis sort une des bestioles de la boîte et la pose sur son genou, où elle s'agite faiblement. En l'immobilisant entre deux doigts, il enfile l'hameçon sous la peau délicate du dos. Le mulot réagit à peine à la piqûre, peut-être ne la sent-il même pas. Le vieux Charles le dépose sur une pierre, referme la boîte, qu'il range dans la musette. Il se relève avec difficulté, ses jambes sont douloureuses dès qu'elles restent un moment immobiles. Des gestes lents, sans heurts. Les mouvements un peu vifs sont immédiatement repérés de très loin par les truites, de même que tout bruit qui résonnerait dans le sol.

Sa canne dans une main et l'appât dans l'autre, il s'avance, courbé, quelques mètres à pas feutrés, met un genou en terre derrière un rocher et laisse partir doucement le mulot dans le courant qui l'entraîne aussitôt. Il dévide à mesure le fil, voit là-bas la bestiole s'engager dans une petite cascade, reparaître dans la vasque qui lui succède. Dans l'eau plus calme, le petit mulot surnage avec de vagues mouvements qui rident à peine la surface. Ne pas retenir le fil, mais le garder suffisamment tendu pour pouvoir ferrer en cas d'attaque. Penser le corps musculeux de la truite qui guette au fond, ses frémissements retenus, ses méfiances, laisser filer, être prêt.

Une vingtaine de mètres plus haut, sur la berge en surplomb, ombre silencieuse derrière un tronc, Baptiste suit lui aussi des yeux l'appât qui descend au fil du courant.

Un remous, soudain, et le mulot a disparu. Le fil se tend et vibre, la canne se courbe, le poignet est malmené par les ruées en tous sens, subit la vigueur sauvage de la truite affolée, résiste, accompagne. Mille fois Charles a connu ce moment attendu, espéré, et chaque fois sa brutalité explosive le surprend et manque le déborder. Il s'est relevé d'un coup, douleurs et lassitudes oubliées, tout le corps engagé dans le combat invisible qui se joue sous l'eau, une dizaine de mètres en aval.

La truite saute, brusquement, pour tenter de se débarrasser de l'ennemi cramponné à sa gueule, son corps s'immobilise un instant au-dessus de l'eau, un arc argenté à la courbe parfaite qui brille dans le soleil avant de retomber et de reprendre la lutte. Charles l'accompagne, lâche du fil, en reprend lorsque l'adversaire semble se fatiguer, marmonne entre ses dents des injures lorsqu'il résiste, des invites lorsqu'il cède.

Peu à peu la distance diminue et il aperçoit même par moments le corps sombre qui file sous l'eau à quelques mètres de lui. La ligne brusquement retombe, flasque, peut-être rompue ? Charles mouline très vite, il voit le fil de nouveau tendu disparaître sous le rocher au-dessous de lui. Il en éprouve la résistance : sèche, sans vie. Accroché. Il jure. Lâche sa canne et, en se penchant autant qu'il le peut, suit le fil de la main pour tenter de le libérer. N'y parvient pas, se penche encore davantage, un bras plongé dans l'eau, l'autre se retenant au rocher. Du bout des doigts il sent le morceau de bois immergé, coincé sous la pierre, autour duquel la ligne s'est enroulée. Quelques centimètres à gagner, pour pouvoir le saisir et libérer le fil.

Une arête de la roche lui meurtrit les côtes. L'ignorer, résister et s'allonger encore un peu plus. Soudain la douleur vrille, aiguë, quelque chose a craqué dans sa poitrine, le souffle lui échappe dans un grognement rauque et il glisse dans le torrent. Tente de s'accrocher au rocher, mais la douleur est plus forte, il ne peut tendre le bras et le courant l'entraîne dans le rapide.

Pas de pensées dans l'esprit de Baptiste, seulement un hurlement, muet. Cloué sur place, il est le vieux Charles qui se débat là-bas, il tend les bras pour saisir une prise qui se dérobe, il se plie dans un spasme pour échapper au courant, se rejette en arrière et pousse un cri de souffrance quand la tête du vieux heurte un rocher, et gémit de la voir s'abandonner, inerte, dans l'eau qui la submerge.

Plus rien ne bouge, seule l'eau claire poursuit sa course joyeuse, chantante, se heurte au passage à ce nouvel obstacle, qu'elle contourne et caresse. La vie qui s'était absentée revient d'un coup dans le corps paralysé de Baptiste, il s'arrache au tronc auquel il se cramponnait et dévale à travers bois, en poussant de petits gémissements, évitant de peu les troncs, s'arrachant aux épines, vite, encore plus vite, vers Aline qui là-bas, près du chalet, avant même qu'il ne débouche de la forêt, le cherche des yeux, soudain inquiète sans savoir de quoi.

Elle le tient aux épaules, réprime le tremblement qui l'agite, lui parle doucement, à voix basse.

— Calme-toi, Baptiste, calme-toi… Et dis-moi.

Quelques mots, enfin, incompréhensibles à tout autre qu'elle. Crachés, douloureux, des mots qui se débattent comme se débattait le vieux Charles tout à l'heure, et finissent par dire son corps immobile dans l'eau du torrent.

Elle a saisi son frère par le bras, et l'entraîne vers la maison.

— Tu n'as rien vu, tu m'entends ? Tu n'as rien vu, rien !

Son visage est durci, coléreux plus qu'inquiet, quand elle le tourne vers lui.

— Tu ne m'as pas quittée, on est restés chez nous. Tu m'entends ?

Elle martèle :

— On-est-restés-chez-nous !

Et une dernière fois, quand ils arrivent, elle l'immobilise avant de rentrer et, les yeux plantés dans les siens :

— Tu m'as entendue ?

Baptiste dit oui. Sa tête dodeline.

— Viens dormir !

Elle jette un dernier regard alentour, entre et referme la porte.

11

C'était le dernier patient de la journée. Lorsqu'il prend congé, Paul sent la réticence crispée de sa main, retirée à peine serrée.

— Je serai absent la semaine prochaine, lui rappelle Paul.

Un hochement de tête, sans un regard.

Paul referme la porte, revient dans son cabinet, ouvre la fenêtre et jette un coup d'œil prudent dans la rue. Il sait que l'homme va se retourner, regarder dans sa direction, il ne tient pas à se faire voir.

— Vous ouvrez vos fenêtres après mon départ, je le vois bien quand je m'en vais. C'est pour aérer la pièce, j'imagine, mais chaque fois c'est comme si vous m'aviez jeté une seconde fois dehors. Vous faites place nette, mon odeur peut-être, le souvenir de ma présence ici, tout doit disparaître !

— *Tout doit disparaître…*

Pourquoi Paul avait-il repris en écho cette parole ? L'homme s'était abîmé dans un long silence. Ce n'est que lors de la séance suivante qu'il avait, péniblement, évoqué le souvenir surgi à ce moment-là.

— Lorsque vous avez répété ce que je venais de dire, « Tout doit disparaître », j'ai revu cette phrase écrite sur les vitrines du magasin de mon père. Je rentrais de l'école, c'étaient les soldes sans doute et je savais bien ce que cela signifiait, mais…

— Mais ?

— Je ne sais pas… Ça résonnait tellement avec… je ne sais quoi de sombre, de violent, en moi… Comme si je voyais affichée au grand jour, au regard de tous, une pensée qui aurait dû rester cachée, secrète…

Il a dû tourner le coin de la rue, maintenant. Paul sort sur son balcon. Il fait déjà moins chaud, le soir d'été s'étire, des enfants jouent sur le trottoir. Demain il sera de nouveau dans la fraîcheur de la montagne. Il a rendez-vous dans l'après-midi au chalet avec l'entrepreneur, à qui le notaire aura remis les clés, et, s'il n'y a pas de surprises, le surlendemain à l'étude pour signer.

La phrase le poursuit et l'encombre : « Tout doit disparaître ! » La rage d'un petit enfant qui anéantit d'un geste, d'une pensée, le monde autour de lui. L'homme est revenu sur une image déjà plusieurs fois évoquée, tirée d'un film qui l'a beaucoup impressionné, *Le vieux fusil.* Si Paul a bien compris — il n'a pas vu le film —, le héros extermine au lance-flammes un détachement de SS qui, dans sa retraite, a massacré sa famille. Un holocauste vengeur où « tout doit disparaître ».

Ces huit jours lui feront du bien. L'air sera léger, il y aura les arbres, l'herbe et le torrent, des préoccupations simples, quelques travaux à penser, à discuter. Il tente d'imaginer la disposition intérieure du chalet, qu'il n'a jamais vraiment visité, il se souvient seulement de la grande salle de séjour largement ouverte sur la terrasse, avec sa cheminée de pierre qui occupe le pignon nord. Il s'y tenait, debout, gauche et embarrassé, devant le père Etcheverry, qui lui parlait amicalement. Claire, rieuse et pressée de sortir, attentive aussi à son malaise et qui pique un baiser sur la joue de son père et entraîne Paul :

— On le sait, que tu vas en faculté à la rentrée, Docteur ! Mais on va voir si tu sais reconnaître les champignons !

Dans le grand canapé près de la cheminée, Mme Etcheverry, un livre à la main, élégante et distante.

— Elle est comme ça, ma mère. Mais elle n'en perd pas une miette, et ce soir elle me posera des questions sur toi. Hier, elle m'a demandé si je connaissais ta famille, comment sont tes parents.

— Et… tu as dit quoi ?

— Que ton père est très gentil. Et… que ta mère est morte, quand tu étais petit.

— Pas tant que ça, proteste Paul. J'avais huit ans.

— Je sais… Allez, viens !

Elle s'arrête encore un instant, le regarde, pensive :

— Elle est triste, souvent, ma mère. Je ne sais pas pourquoi…

Des traces, est-ce cela qu'il va chercher là-bas ? Des empreintes, d'un pied si léger, depuis si longtemps disparu ? Alors que, même dans sa mémoire, ne subsistent plus qu'une silhouette estompée, un visage devenu incertain… Quelques petits miracles, pourtant, la grâce vive d'un geste, la cascade fraîche d'un rire et, intacte dans son souvenir, cette toute première vision d'une robe de coton blanc s'envolant autour des jambes dorées d'une fille qui court vers le torrent.

Vers le torrent…

En cet instant où la nuit éteint ici les dernières touches de bleu sur les toits d'ardoises de la ville, où la lumière quitte là-bas le Dôme de Miage, puis l'Aiguille de la Bérangère et les laisse se fondre dans le ciel sombre, en ce même instant où Paul referme sa fenêtre, l'eau maintenant noire du torrent lave les yeux du vieux Charles et caresse sa tête abandonnée. Et Aline, le regard perdu dans des tunnels obscurs, passe et repasse, machinalement, sa main dans les cheveux fous de son frère, qu'elle accueille dans son ventre où il se noie et s'apaise.

12

L'entrepreneur est un gros Italien moustachu. Paul l'aperçoit, planté devant le chalet, quand il gare sa voiture derrière la camionnette décorée, sur les flancs, d'une toiture stylisée barrée d'un grand *Mauro Camperini et fils* en cursive. L'homme le salue d'un :

— Bonjour, docteur.

— Bonjour, dit Paul. J'ai connu un Camperini au lycée, à Chambéry, il y a bien longtemps.

— Ça devait être mon petit frère, Émile. Moi, c'est Justin. Je ne suis pas allé au lycée, dit l'homme avec un large sourire.

— Et…

Paul montre la camionnette :

— … Mauro ?

— C'était le père. Moi j'étais l'aîné, je travaillais avec lui. Alors, vous achetez le chalet des Etcheverry ?

— Ce n'est pas encore fait, dit Paul. Je voulais d'abord connaître votre avis sur l'état de la maison, les travaux éventuels, peut-être les transformations nécessaires. Un devis estimatif. Et si je me décide, je signe après-demain chez le notaire et nous verrons si vous pouvez vous charger du travail.

— J'ai pris les clés chez lui, dit l'homme.

Il montre d'un geste large la toiture et les murs.

— Il faut que je voie ça de plus près, mais, déjà, je regardais en vous attendant… Sur le gros œuvre il n'y a pas grand-chose à reprendre, ça semble sain.

Il rit :

— C'est du bon travail. Pas étonnant, c'est le père qui l'a construit !

Ils font le tour du chalet, Justin désigne çà et là quelques lauzes à changer. Il a sorti un couteau de sa poche et enfonce la lame dans une poutre.

— C'est bon, dit-il. Ç'a été reverni régulièrement. Les chéneaux, par contre, sont à changer, c'est normal.

Il se glisse sous la terrasse, ressort.

— Là aussi, ça va. Mais vous savez ce qu'on pourrait faire ? En creusant un peu, et en reprenant la maçonnerie, un garage sous la terrasse. À la mauvaise saison, ici, ce n'est pas un luxe. Vous comptez venir aussi en hiver ?

— Je ne sais pas encore, dit Paul. Mais c'est une bonne idée.

Justin a sorti un trousseau de clés de sa poche, il ouvre la porte, pénètre dans le chalet. Paul, qui attend sur la terrasse, le voit repousser les volets les uns après les autres. Lorsque c'est au tour de la grande porte-fenêtre, il s'approche. Il s'attendait à des pièces vides, mais tout est là, intact. Etcheverry n'a rien déménagé. Le grand canapé et les fauteuils attendent autour de la cheminée. La table de monastère en chêne, et les chaises paillées, un vaisselier encore garni, et même le piano…

— C'est toi qui joues ?

— C'est ma mère. Moi, elle a voulu que j'apprenne, mais je l'ai vite désespérée !

Un soir, comme il la raccompagnait au chalet, il s'est immobilisé, l'a retenue par le bras. Dans l'ombre calme qui gagnait le chalet, des notes s'égrenaient, flottaient en volutes étranges. De longs rubans colorés soudain s'attristaient, retombaient, des harmonies légères et fugaces se brisaient. Des silences où mourait doucement l'écho d'une note, sans qu'on sache quand elle avait vraiment disparu, des silences que Paul pour la première fois de sa vie entendait et il en fut, sans savoir pourquoi, bouleversé. Sa main s'appuyait toujours, du bout des doigts, sur le bras de Claire et ce très léger contact, au seuil de s'interrompre, devenait la seule chose réelle et fragile qu'il ne fallait surtout pas laisser s'évanouir.

Lorsque le dernier accord, plein et pourtant porteur d'une imperceptible fêlure, se fut évanoui, Claire posa sa main sur la sienne comme pour la retenir.

— Elle joue pour mon père, dit-elle à voix basse. Debussy, il le lui demande souvent. Tu aimes la musique ?

— Je n'en ai jamais écouté. Il n'y en a jamais eu, chez moi.

Elle regarda son visage tourné vers elle, y vit l'ombre d'une douleur et posa ses lèvres sur les siennes.

Il s'approche du piano, soulève le couvercle. Une longue bande d'étoffe satinée protège le clavier. Il l'enlève, frappe quelques notes désaccordées.

— Ça travaille, ici, dit Justin. L'humidité. La maison a été régulièrement aérée, c'est important, mais comme il n'y avait pas de chauffage…

Ils passent d'une pièce dans l'autre. Une sorte de gêne, à voir la maison ainsi restée en l'état, Paul l'aurait préférée vide. Il reste sans entrer sur le seuil d'une chambre plus petite, un lit étroit, une coiffeuse, des posters d'animaux aux murs lambrissés. Une chambre de jeune fille.

Il ressort sur la terrasse. Justin l'y rejoint. Il énumère méthodiquement ce qu'il appelle les « postes importants » : l'électricité à refaire, l'installation n'est plus aux normes, surtout si l'on veut renforcer le chauffage, qui semble insuffisant. Reprendre l'isolation du toit : les loirs qui logent dans la laine de verre l'ont dégradée ; et les fenêtres devraient être équipées de double vitrage. Un problème majeur, l'eau : en hiver, la source est gelée et si Paul veut pouvoir habiter toute l'année… Le mieux serait de se raccorder au réseau du village, une centaine de mètres de tranchée à prévoir. Il promet un premier chiffrage, approximatif, pour le lendemain. Paul passera le voir aux Contamines à midi. Il font un dernier tour d'inspection, Justin examine des détails auxquels Paul n'aurait pas pensé : les évacuations, l'état des volets, puis il prend congé et regagne sa camionnette.

Paul, resté sur la terrasse, le regarde faire demi-tour, et s'arrêter un peu plus bas pour échanger quelques mots avec un couple. L'homme, grossièrement vêtu, une faux sur l'épaule, se tient à l'écart, la femme, robe grise de paysanne, sans âge, jette un regard vers le chalet tout en discutant avec Justin. Aline et Baptiste, pense Paul. Il peine à retrouver le souvenir de leurs visages d'enfants.

La camionnette de Justin a disparu, et Paul fait un grand geste d'invite. Aline parle à son frère, qui secoue la tête et s'éloigne en direction du torrent. Elle hausse les épaules, et monte jusqu'à la terrasse.

— Vous me reconnaissez ? demande Paul.

Il a hésité à la tutoyer.

— Pas vraiment, dit Aline. On a tous changé, depuis le temps. Mais je sais qui vous êtes.

— Moi aussi, dit Paul.

Elle semble plus à l'aise qu'il ne s'y attendait. Elle est presque aussi grande que lui. Des épaules larges. Le visage, les cheveux sans apprêt ont gardé une sorte de beauté rude et sombre. Son corps n'a pas de formes sous la robe sans taille. Elle le regarde droit dans les yeux.

— Alors, vous achetez le chalet ?

— Probablement. Ce n'est pas encore fait. Mais si c'est le cas, j'aurai besoin de vous. Vous pourriez continuer à vous en occuper ?

— Ça dépend. Il faut que j'en parle avec Baptiste. Il est toujours aussi sauvage.

— Il l'était déjà de mon temps, dit Paul.

— Et… vous viendriez… enfin, c'est pour habiter tout le temps ? Ou seulement en été, comme les Etcheverry ?

— Je ne sais pas encore.

Il regarde Baptiste qui, là-bas, aiguise sa faux.

— Baptiste, pourquoi il ne voudrait pas ?

Elle hésite quelques secondes. Appuyée des deux mains à la rambarde de bois, elle regarde elle aussi son frère. Elle a un profil dur, nez un peu busqué, lèvres minces, mais ses yeux partent là-bas presque rêveurs.

— Tout ce qui change, il n'aime pas, dit-elle. Il est comme ça.

— Et vous ?

Elle tourne la tête vers lui, il reçoit le choc d'un regard noir et, brusquement, presque hostile.

— Moi, ça ne compte pas, dit-elle sèchement. Je m'occupe de lui.

Paul retient les paroles qui lui viennent, l'envie de l'apaiser, elle ne supporterait pas. Elle est sur ses gardes, méfiante. Il dit pourtant :

— Dans le temps, on se disait « tu ».

À peine un vacillement.

— C'était dans le temps. On n'est plus pareils.

Il se tait. Elle se redresse, comme pour repartir.

— Bon. Vous me direz, et j'en parlerai à Baptiste.

— Tâchez de le convaincre. J'aurais vraiment besoin…

Un rien de relâchement. Elle s'appuie de nouveau à la rambarde, la courbe d'une hanche esquissée, il détourne tout de suite les yeux, rencontre les siens toujours durs.

— Un peu plus tard, je lui en parlerai. Il est tout retourné en ce moment, depuis que… depuis qu'on a trouvé le vieux Charles.

— Le vieux Charles ?

— Vous vous souvenez de lui ?

— Si je m'en souviens ! J'ai mangé de ses truites il y a… un mois, chez les Régnier.

— Oui, il est mort. On l'a trouvé dans le torrent. Avant-hier.

Un geste du bras, qui montre la forêt au-dessus du chalet.

— Un peu plus haut.

— Dans… dans la petite gorge ?

Les yeux noirs ne le fixent plus, dérivent ailleurs, incertains.

— Oui. Dans la petite gorge.

Elle se redresse, le regarde de nouveau.

— Ça devait arriver. Quatre-vingt-trois ans, c'est plus un âge pour aller tout seul dans la montagne. Allez, on se verra plus tard, vous me direz. En attendant, je viendrai comme d'habitude.

Un geste vers le chalet.

— Il n'y a plus grand-chose à faire. Vous refermerez bien tout ?

— D'accord. Au revoir, Aline.

Elle ne se retourne pas.

13

La nuit stagne. Il s'est réveillé en sursaut, un cauchemar qui s'est tout de suite évanoui, mais l'a laissé en sueur, inquiet, dans le lit dévasté. Une seule image reste, dépourvue de sens, rien de terrifiant apparemment et pourtant c'est là, il le sait, que résidait l'horreur qui l'a arraché au sommeil : une boule de pierre, énorme et lisse, tournant lentement sur elle-même comme une planète au milieu du néant. Le rêve était silencieux. Terriblement silencieux. Mais la phrase s'est imposée au réveil, comme son écho sonore : « Tout doit disparaître… »

01.33. Les chiffres rouges du réveil luisent dans l'obscurité. Il se lève, sans allumer il traverse, nu, les pièces vides. Dans la cuisine, il ouvre le réfrigérateur, y prend une bouteille d'eau et boit à longs traits à même le goulot. L'eau glace sa gorge, puis sa poitrine. Il laisse le froid qui monte de ses pieds nus sur le carrelage envahir tout son corps, napper sa peau et l'enserrer, comme s'il avait été menacé de dissolution. Il regagne son lit, cherche encore la fraîcheur dans les draps, là où il ne les a pas froissés, pose sa tête sur l'autre oreiller, l'oreiller de Laurence. Ferme les yeux, tente de vider son esprit des pensées qui l'assiègent en vagues lentes et lourdes.

01.56. Le temps se traîne dans la nuit, un chiffre saute, 01.57. Il guette le suivant. Se tourne un peu plus sur le côté, déplace ses jambes pour qu'elles reposent mieux, voudrait se quitter. Porte une main à son sexe qui l'encombre. Pense à se masturber, se le refuse sans savoir pourquoi. Un corps de femme… endormie près de lui… dont il sentirait la chaleur… Plaquer sa poitrine contre la courbe de son dos, son ventre sur ses fesses, ses cuisses contre les siennes, respirer ses cheveux… Accorder son souffle au sien, la rejoindre dans son sommeil, apaisé, complété. Il y a bien longtemps qu'il dort seul, Laurence est partie depuis… il calcule laborieusement, compte les mois, les saisons, comme s'il ne savait pas que cela fait deux ans maintenant.

Deux ans… Mais il y avait longtemps que déjà, avant qu'elle le quitte… non ! avant qu'ils se séparent ! il y avait longtemps que le désir les avait désertés. Avait-elle un amant ? Combien de fois il se l'est demandé, dans ces moments de grisaille où il la sentait étrangère, hostile. La colère revient, intacte, et les pensées d'alors, qui s'emballaient, s'affolaient : demain, il la suivra, il a bien remarqué que c'est le jeudi, surtout, qu'elle se tient si éloignée de lui, elle doit retrouver un homme ce jour-là, elle ne veut pas qu'ils se mélangent en elle. Des pensées sales, de sexes et de sperme, qu'il ne parvenait pas à éloigner, qu'il attisait même pour s'y brûler, se haïr, la haïr. Des pensées de meurtre.

L'autre versant, aussi, jamais loin, que ce bruit sauvage cherchait à assourdir, mais qui toujours finissait par émerger. Une lucidité froide, la tristesse. Toi aussi, le désir t'a quitté. Tu enrages, mais de quoi ? La dernière fois qu'ils ont fait l'amour, il a eu recours à des images d'autres femmes, anonymes, lascives, avides de brutalité, des chiennes ! Quand il en a pris vraiment conscience, son sexe d'un coup l'a abandonné, il a roulé sur le dos, à distance d'elle, qui n'a rien dit, qui ne devait pas être avec lui non plus. Ils sont restés silencieux, murés de malheur, de regrets. Fuir, loin, seul. Plus jamais.

Ils se sont quittés pour ne pas s'abîmer davantage, c'est tout ce qu'ils pouvaient encore partager : l'urgence d'échapper à la destruction.

02.13. Il se lève de nouveau, enfile une robe de chambre. Passe dans le salon, s'affale sur le canapé, allume une cigarette. Sale goût, acre, de la fumée. Il ne l'éteint pas, va se servir un verre de whisky, se brûle la bouche avec la première gorgée, la seconde passe déjà mieux. Allume la télé, fait défiler les chaînes. Sur la plupart, « Fin des émissions ». Un film porno. Gros plans sur les sexes. Ça besogne, ça ahane. Petit rire aigre au-dedans, un filet de vinaigre. Honte de sentir son propre sexe s'animer, mécaniquement. Alcool. Cigarette. Sexe. Alcool.

Arrête !

Pourquoi ? Pour qui ?

Il se réveille dans le jour gris du petit matin. Crampe douloureuse dans sa nuque cassée par l'accoudoir du canapé. Neige triste et obstinée de l'écran de télé. Il l'éteint, se lève péniblement, va ouvrir la fenêtre et sort sur le balcon. Resserre sa robe de chambre autour de sa gorge. Des nuages, gris, bas. Humidité froide sur la ville encore déserte. Un camion-poubelle, gros insecte vert escorté de deux servants, deux humains du même vert, apparaît au coin de la rue. Et là-bas, de l'autre côté du carrefour, dans un café déjà ouvert où le néon trop blanc résiste au jour naissant, quelques silhouettes immobiles derrière les vitres. Des poissons tristes. Ses semblables.

Il rentre, va dans la cuisine, prépare du café.

Partir, très vite. Dès que possible. La montagne, là-bas. L'eau du torrent, rieuse. Mortelle aussi, le vieux Charles… et Claire.

« Claire ! » dit-il à haute voix. Et, parce que le mot ainsi lancé au vide ne sonne pas, retombe tout de suite, mat et plat, il répète comme s'il appelait : « Claire ? » Malaise vague, il s'en veut. Se sent dérisoire et factice. Comme cette nuit, le porno, le whisky…

Amertume bienvenue du café.

Il regarde sa montre : il n'est que temps de se doucher et de s'habiller, il reçoit un patient dans une demi-heure, celui-là, justement, qui supporte mal de l'entendre ouvrir la fenêtre après son départ. « Tout doit disparaître. » La phrase, encore. Il la prononce elle aussi à haute voix, en se rendant à la salle de bains :

— Tout doit disparaître !

14

La route serpente en montant dans les mélèzes. Elle longe le torrent, le traverse parfois, le perd puis le retrouve. Jadis, c'était un chemin muletier et il fallait trois bonnes heures, disait le père, pour monter de la vallée jusqu'aux Anglettes. Au temps où Paul allait au collège, elle était déjà carrossable et un petit autocar ferraillant qui l'emmenait le lundi matin et le ramenait le samedi desservait les hameaux des environs. Il y avait encore un gué, que l'on traversait en cahotant, et parfois, par temps d'orage ou à la fonte des neiges, la route était coupée pendant plusieurs jours. Aujourd'hui elle est plus large, goudronnée, le gué a disparu. Le vieux Land Rover est rustique, pas très confortable, mais il grimpe calmement dans le ronron du diesel.

— Vous en serez content, a dit le garagiste en frappant du plat de la main sur la tôle. Il est en bon état, et c'est ce qu'il faut ici en hiver. Surtout par chez vous, là-haut.

Il a souri de l'air étonné de Paul.

— Tout se sait, dans la vallée. C'est bien vous qui avez acheté le chalet des Etcheverry ?

— Oui, mais…

— Cherchez pas ! Les nouvelles courent vite, ici. Le père de ma femme est de Notre-Dame de la Gorge, pas loin de chez vous, donc. Il dit qu'il a connu votre père dans le temps, et vous quand vous étiez petit. Georges Anxonnaz, ça ne vous dit rien ?

— Peut-être, dit Paul. Je connais le nom, en tout cas. Ça fait si longtemps !

— Et comme on sait que vous étiez chez le notaire ce matin…

— Eh bien ! Si je voulais…

— Oh ! N'ayez crainte, ça ne va pas plus loin. Les femmes causent, c'est sûr, mais la vie des gens, moi…

Il hésite une seconde, et avec un sourire :

— *Ça fa mé pis pas pis !*

Paul lui rend son sourire. « Ça m'est bien égal ! », le patois savoyard en signe de reconnaissance et de bienvenue.

Le garage est proche de la gare de Saint-Gervais, il pourra y laisser la voiture lorsqu'il sera à Paris. Il a également obtenu, pour le prix demandé, quatre roues équipées pour la neige, que le garagiste montera sur le 4 x 4 à la mauvaise saison.

— Ce n'est pas le grand confort, ça n'est pas fait pour l'autoroute, mais je vous garantis que vous passerez partout, ici.

— Alors… *À r'vi, pas !* a dit Paul.

— *Adieu !* a répondu l'homme en souriant.

Il arrête la voiture sur le bas-côté, coupe le moteur. Descend et fait quelques pas. Le Nant Blanc et le Nant Borrant se rejoignent ici. Un sentier traverse le torrent par un petit pont de bois, puis se perd dans la montagne. Le pont est fait de deux troncs de mélèze, quelques planches glissantes et une rambarde grêle, sur laquelle il vaut mieux ne pas s'appuyer. Paul avance prudemment, s'arrête au milieu. Quelques mètres plus bas, l'eau bouillonne dans les marmites circulaires, parfaitement lisses, creusées par les siècles. Une brume légère en monte, s'irise dans le soleil, vient par moments, avec le vent, rafraîchir le visage.

Tout à l'heure, il avait hâte de monter aux Anglettes. Maintenant qu'il en est à mi-chemin, une demi-heure à peine, il s'attarde.

Grondement obstiné du torrent au-dessous de lui. Le sous-bois tout autour est semé de taches de soleil qui dorent les aiguilles de pin. Un framboisier sauvage a réussi à s'enraciner dans une faille de rochers, une de ses branches, piquetée de quelques points rouges, pend jusqu'à l'eau qui l'effleure et l'agite d'un battement régulier. En détacher le regard est un effort. La paix.

La solitude aussi. Quelqu'un devrait l'accompagner, à qui il ferait découvrir l'eau et la forêt, les montagnes, le chalet, et dont il verrait les yeux briller. Une femme.

Ou ce pourrait être un enfant ? Un garçon dont il tiendrait la main, qui ne cesserait de poser des questions. À qui il apprendrait à pêcher.

L'enfant. Peut-être est-ce là ce qui a commencé à les séparer, à les éloigner l'un de l'autre, cette fêlure, cette brèche qui s'est élargie d'elle-même, sans recours, jusqu'à la rupture finale ? Sans qu'ils l'aient voulu, mais sans qu'ils aient non plus cherché à l'éviter, dans l'insouciance de leurs vingt-cinq ans à peine et alors qu'ils étaient tous deux internes en psychiatrie, Laurence a été enceinte. Ils étaient indécis, à la fois heureux et inquiets, il était bien tôt.

Ils n'ont pas eu à choisir, il y a eu cette nuit de cauchemar, Laurence hurlant de douleur, les Urgences, l'opération en catastrophe. La grossesse extra-utérine avait déjà fait des ravages, Laurence n'aurait plus d'enfants, c'est ce qu'est venu lui annoncer le chirurgien le lendemain, et quelque chose d'elle est resté là, dans cet hôpital, quelque chose de mort dont elle ne pouvait se libérer.

Quelque chose de mort entre eux, aussi, dont ils n'ont pu se déprendre.

Il quitte le pont, remonte vers la voiture, démarre sans enthousiasme. Il avait imaginé ce moment plus heureux. Le soleil commence déjà à décliner. À l'entrée du hameau, devant leur maison presque en ruine, il aperçoit Aline et Baptiste. Un bras autour des épaules de son frère, qui résiste lourdement, elle l'entraîne vers la porte. Elle lève la tête en entendant la voiture, Paul la salue de la main, elle ne répond pas. Baptiste n'a pas levé les yeux.

Une petite voiture stationne à l'extrémité du chemin, en contrebas du chalet. Paul se gare derrière elle. Il n'y a personne en vue, mais là-haut les fenêtres sont ouvertes. Il décharge les provisions achetées à la hâte à Saint-Gervais et, encombré de sacs et de paquets, monte jusqu'à la terrasse. La salle de séjour est déserte. Il va jusqu'à la cuisine déposer sa charge, et lorsqu'il se retourne, elle est là.

Des cheveux coupés court et qui volent à la diable, des aiguilles de pin pourraient s'y emmêler. Une robe légère de coton blanc. Les bras chargés d'une pile de livres, qu'après un temps d'hésitation elle va poser sur la table basse. Un visage finement dessiné, deux yeux très noirs levés vers lui.

— Bonjour ! dit-elle. J'espère que vous me pardonnerez mon intrusion. Je suis Béatrice Etcheverry.

Et comme il reste figé et silencieux, un peu inquiète :

— Vous êtes M. Denonne ?

— Oui, finit-il par dire. Oui, je suis Paul Denonne.

15

— Vous savez, je ne suis pas venue très souvent ici.

Elle replie ses jambes sous elle, s'appuie à l'accoudoir du canapé. Son regard se perd à la recherche des souvenirs. Le bois chuinte et craque parfois dans la cheminée. La nuit enveloppe le chalet.

— C'était difficile pour mon père, après le décès de ma mère. Mais déjà avant, tous deux étaient réticents, partagés, je crois que c'était lié à… l'accident de ma sœur. Je ne l'ai pas connue, c'était deux ans avant ma naissance.

— Je sais, dit Paul. Mais pourquoi, alors, votre père n'a-t-il pas vendu le chalet plus tôt ? Votre mère est morte il y a au moins dix ans, je crois ?

— Oui. J'avais quinze ans. Je le sentais déchiré : le chalet ravivait des souvenirs douloureux, mais il lui était encore plus difficile de s'en séparer. Et je crois que c'était déjà ainsi pour eux deux, avant qu'elle soit malade. Je ne l'ai compris que tardivement. J'avais des amies que nous amenions ici, je jouais, j'étais petite, mais je les sentais inquiets. Nous devions toujours rester près du chalet, ils ne nous perdaient jamais de vue. Inquiets… et tristes.

Un silence qui s'étire, dans le sillage de son dernier mot. Elle voulait redescendre à Saint-Gervais, mais il a insisté pour qu'elle reste. À la demande de son père, elle doit trier un certain nombre d'objets, livres, vêtements, qui sont restés au chalet. Et voir avec Paul ce qu'il veut conserver des meubles actuels. Elle montre la pile de livres qui est restée sur la table basse :

— C'est une bizarre impression, de retrouver tout ça, dit-elle. Des lectures d'adolescence. *Le Rouge et le Noir* : je le relisais inlassablement. Et Colette.

— Vous lisiez Colette, à quinze ans ?

— Oui, ma mère l'adorait, c'est elle qui m'avait donné *Claudine à l'école*, le premier que j'ai lu. Et j'ai continué. J'ai beaucoup imité ma mère, je crois.

— Vous jouez du piano, comme elle ?

Elle relève brusquement la tête :

— Vous savez cela ?

— Je l'ai entendue, quand j'étais moi-même adolescent. Un soir, surtout, elle jouait pour votre père. Du Debussy. Je ne l'ai jamais oublié. Et même...

— Et même ?

— Oh ! Je pensais que c'est depuis ce jour, je crois, que j'ai commencé à écouter de la musique.

— Je suis pianiste, dit-elle. Professionnelle. Cela aussi, je le dois à ma mère.

— Claire, elle...

Il s'arrête. Elle le regarde, attend la suite.

— Claire disait qu'elle l'avait désespérée, elle, tant elle était peu douée.

— Vous avez bien connu ma sœur ?

— Votre père ne vous l'a pas dit ?

— Non. Il ne parle presque jamais d'elle.

— Tout à l'heure, vous avez évoqué son « accident »...

— Oui. C'est ainsi que mes parents en parlaient. Mais je sais qu'elle a été assassinée, bien sûr. Et qu'on n'a jamais retrouvé son meurtrier. J'ai même lu des coupures des journaux de l'époque, ma mère les avait conservées, je les ai retrouvées en triant les papiers qu'elle avait laissés. Vous étiez… ce petit ami dont ils ont parlé, le dernier à l'avoir vue, c'est vous ?

— Oui, dit Paul. C'est moi. J'ai même été soupçonné, à l'époque. Heureusement mon père pouvait témoigner pour moi.

— J'ai lu cela aussi, maintenant je m'en souviens.

Elle reste un long moment silencieuse, tandis que Paul remet une bûche dans l'âtre.

— Vous étiez… très amoureux, l'un de l'autre ?

— Oui. Très.

Sa voix malgré lui s'est cassée.

— Pardon ! dit-elle. Je suis indiscrète.

Il attise le feu, plus que nécessaire.

— Non. Vous savez… Il y a presque trente ans !

Le silence, de nouveau, paisible maintenant, pensées errantes.

— C'est une drôle de chose, dit-elle lentement. Une sœur que je n'ai jamais connue, quelques photos seulement… Elle m'a toujours été étrangère, je ne pouvais pas l'imaginer et d'ailleurs je n'essayais pas. Et puis aujourd'hui, à travers vous, vos paroles, si peu pourtant, brusquement elle devient… vivante.

— Vous lui ressemblez beaucoup. Ç'a été un choc, tout à l'heure, de vous voir, j'aurais pu croire…

Il se tait. Voudrait retrouver cet instant, cette fraction de seconde où en se retournant il l'a aperçue. Une trouée, tout de suite refermée. Un moment, une image, maintenant enfuis. Une grâce accordée, un danger aussi. La vie s'arrête. On pourrait ne pas reprendre son souffle, le cœur peut-être ne repartirait pas.

Elle le regarde, absent, perdu. Elle ne devrait pas être là. Elle se lève.

— Je suis fatiguée, dit-elle. Puisque vous m'offrez l'hospitalité…

Il revient de loin, avec un petit rire malaisé.

— Je n'ai pas besoin de vous montrer votre chambre ? Ni la salle de bains. Prenez votre temps, je vais rester un moment encore ici.

— Bonsoir.

— Bonne nuit, Béatrice.

— Bonne nuit, Paul !

Il a éteint les lumières, ouvert la grande porte-fenêtre. Écoute les bruits qui lui parviennent de l'étage, s'étonne de penser : des bruits familiers. Il fait quelques pas dehors, s'appuie à la rambarde. Un peu de lumière, très jaune dans le noir, tombe de la fenêtre de la chambre, accroche le coin de la terrasse et se perd dans les herbes. Il n'y a pas de lune. Pas de nuages. L'immense semée de la Voie lactée. Le murmure du torrent, là-bas, invisible. Ses yeux s'habituent, la masse des grands mélèzes se détache, maintenant, sur le fond sombre des montagnes, et la silhouette confuse des deux voitures sur la vague blancheur du chemin en bas du pré. Pensée rapide : je n'ai pas fermé le 4 x 4, j'ai même laissé la clé à l'intérieur. Sourire, haussement d'épaules…

… Dans le court espace entre les deux voitures, quelque chose a bougé. S'est déplacé. Quelqu'un ? Ou un animal, un blaireau peut-être ? Il plisse les yeux, comme si cela rendait son regard plus aigu.

Une ombre occulte la petite flaque de lumière jaune qui tombe sur la terrasse. Bruit des volets que ferme Béatrice. Un liseré encore, qui dessine l'encadrement de la fenêtre. Il revient aux voitures, au chemin, aux masses noires des buissons en bas du pré. Plus rien ne bouge, ce devait être un animal. Ou rien, une illusion.

Il rentre, ferme la porte-fenêtre. Quelques flammes encore,

dans la cheminée, jettent des lueurs furtives sur les murs. Tout est silencieux dans le chalet. Il avait imaginé cette première nuit solitaire. Elle ne doit pas encore dormir. Lire, peut-être. Il sourit. *La Chartreuse de Parme* ?

Est-il moins seul ?

Il déploie le pare-feu devant l'âtre, fait encore quelques pas, hésitants, dans l'obscurité. Rectifie la pile de livres sur la table basse. Va se servir un verre d'eau dans la cuisine, boit par petites gorgées très froides. Cherche la saveur de la source, et se souvient que maintenant c'est l'eau du village qui coule ici.

Il monte enfin dans sa chambre, en prenant garde à ne pas faire craquer les marches de bois. Se déshabille lentement. Éteint la lumière et s'étend. N'est pas sûr de dormir. Reste les yeux ouverts dans la nuit. Refuse de penser. Voudrait être vide.

16

La porte s'ouvre en geignant, laissant entrevoir un rectangle de nuit étoilée que vient masquer la silhouette qui se faufile dans la pièce, et se referme aussitôt. Le noir, épais de nouveau, une respiration lourde, le bruit étouffé d'un tâtonnement. Aline presse l'interrupteur de la petite lampe au chevet du lit et la lumière pourtant faible éblouit Baptiste debout au milieu de la chambre. Il pousse un grognement et porte la main à ses yeux. Son pantalon, trempé jusqu'à mi-cuisses, lui colle aux jambes et lui donne une grotesque allure d'échassier. Sans regarder sa sœur, il se laisse tomber sur une chaise et entreprend de délacer ses brodequins qui, l'un après l'autre, résonnent lourdement sur le plancher. Il se débarrasse de sa veste, attrape le litre de vin sur la table et remplit le verre sale qui traîne là. Il reste un moment, les yeux fixés sur la bouteille, avant de boire brusquement une longue gorgée, d'un seul trait, en renversant la tête en arrière. Il lève alors les yeux, son regard passe rapidement sur Aline, ne s'arrête pas, la fuit et se perd dans un recoin sombre de la pièce.

— Tu étais encore là-bas, dit-elle.

Sa voix est lasse, ne cherche pas de réponse. Rien ne permet de penser qu'il l'entend. Souvent il s'éloigne, se retire en des contrées auxquelles elle n'a pas accès, un pays sombre et désert où il marche pesamment, sans but, sans espoir, sans mémoire, comme ça, pour rien, parce qu'il faut marcher. Ce n'est que lorsqu'il la prend, qu'elle se prête à sa hâte et s'ouvre pour le recueillir, qu'elle a parfois le sentiment de l'avoir rejoint. Pour quelques minutes. Pour ce moment où, épuisé, il s'abat sur elle, la tête enfouie dans son épaule, et où elle caresse sa nuque trempée de sueur. Longuement, machinalement. Sans espoir, parce que déjà, à mesure que son souffle s'apaise, elle le sent s'éloigner. Et lorsqu'il la quitte, roule sur le dos et s'endort pesamment à côté d'elle, elle reste désolée, esseulée et vide dans la nuit comme une accouchée volée de son enfant et qu'on a abandonnée là. Et dont le ventre tarde à se refermer.

— Tu étais encore là-bas, tu sais qu'il ne faut pas.

Il ne demande pas pourquoi. Il boit de nouveau.

— Tu entends, Baptiste ? Si on te voit, on va penser…

Il ne demande pas quoi. Elle a l'habitude. Elle reprend :

— Les gens vont penser. Il ne faut pas.

Il remplit encore le verre. Le regarde et s'adresse au liquide épais et sombre qu'il fait tourner lentement :

— Le vieux Charles…

— Quoi, le vieux Charles ?

Redressée sur son coude, en alarme. Elle répète :

— Quoi, le vieux Charles ?

— C'est pas moi.

— Je le sais bien, que ce n'est pas toi !

Il ne l'entend pas. Il poursuit, pour le verre :

— Sa tête, elle cognait. Elle bougeait.

— Tu es retourné à la petite gorge, hein ?

— Elle bougeait…

— Il ne faut pas, tu m'as comprise ? Il y a du monde au chalet, maintenant. On va te voir rôder là-bas.

— Je les ai vus. J'ai vu la fille, elle est revenue.

— C'est Béatrice. Elle vient débarrasser le chalet. Tu ne dois pas t'occuper de ça.

À qui parle-t-il ? Parfois, elle ne le sait pas. À elle, oui, sans doute, mais dans un autre espace que celui où elle se trouve. À une étrangère qui est elle et qu'elle ne reconnaît pas.

— Elle est revenue. Lui aussi.

— Tu t'es souvenu de lui ?

— Elle ne bougeait pas, elle.

— Elle ? Qui ne bougeait pas ?

— Elle ne bougeait pas. Sa tête, à elle, à la fin, elle ne bougeait pas.

Elle voudrait crier pour le faire taire, mais sa voix sort faible et rauque :

— Baptiste ! Viens ! Viens dormir ! Ne pense plus à ça, viens avec moi.

Il lève enfin les yeux sur elle. Elle arrache sa chemise de nuit, lui tend les bras, lui offre ses seins, se rassure en voyant qu'il les regarde.

— Viens vite !

Il se lève, pesamment.

17

Paul a préparé le café qui attend sur la table dans un thermos. Il a disposé aussi deux tasses, du beurre et des tranches d'un pain sous cellophane qui doit être insipide, acheté hier à Saint-Gervais avec les autres courses faites à la hâte. Il se sert une tasse et sort sur la terrasse dans le soleil qui vient de gagner le chalet. Il fait encore frais, un petit vent rieur. Il respire avec gourmandise. Des tintements de clarines parviennent par moments des alpages. Il est vêtu d'un jean et d'une chemisette et a jeté sur ses épaules un pull qu'il resserre autour de son cou. Le plancher de bois de la terrasse, sous ses pieds nus, est encore humide de la nuit. Des hirondelles effleurent le pré, remontent en chandelles folles, piaillent et redescendent aussitôt à ras de sol. Signe de mauvais temps ? Sur le ciel d'un bleu encore pâle, sans un nuage, les sommets se détachent, très nets, sombres à l'est, étincelants à l'ouest dans le soleil levant.

Une femme apparaît sur le chemin, encore masquée par les arbres. Quand elle débouche au bas du pré, il reconnaît Aline, qui s'arrête auprès des voitures et regarde en direction du chalet. D'un grand geste du bras, il l'invite à monter. Elle hésite, puis s'engage sur le sentier semé de dalles noyées par l'herbe. Son pas est devenu plus lent dans la pente, un pas têtu de montagnarde, regard fixé au sol, cherchant où poser le pied. Elle s'arrête en bas de l'escalier qui mène à la terrasse, lève la tête vers lui. Cheveux gris fer plaqués en bandeaux de part et d'autre du visage sévère et sans apprêt, semé de rides très fines.

— Bonjour, Aline. Monte donc !

— Bonjour, dit-elle.

Voix neutre et sèche, comme la main qui, après une courte hésitation, accepte la sienne.

— Une tasse de café ?

Elle fait signe que non, de la tête.

— Je suis venue voir si vous avez besoin de moi, aujourd'hui. Et pour les autres jours aussi.

Peut-être pas aujourd'hui, dit-il, il s'installe, mais pour la suite il aimerait bien qu'elle continue à s'occuper du chalet, deux fois par semaine peut-être quand il est là.

Il a le sentiment qu'elle ne l'écoute pas vraiment, elle hoche la tête, semble préoccupée. Regarde autour d'elle.

— Elle est là ?

La question est si abrupte, inattendue, qu'il demande bêtement :

— Qui ça ?

Elle désigne d'un geste de menton impatient les voitures au bas du pré.

— La fille Etcheverry, pardi !

— Béatrice ? Oui, elle est là.

Il explique, tout en se demandant pourquoi il le fait, qu'elle est venue chercher des affaires restées au chalet, et qu'elle repartira sans doute aujourd'hui. Et qu'elle n'est pas encore descendue ce matin. Une curieuse tension, qui ne se relâche pas, le pousse à ajouter un niaiserie qu'il se reproche aussitôt :

— Les jeunes, ce n'est pas comme nous, ça dort tard !

Elle n'a pas un sourire, son regard va furtivement chercher la fenêtre fermée là-haut. Il lui propose de nouveau du café, qu'elle finit par accepter. Ils rentrent, elle se pose au bord de sa chaise tandis qu'il lui verse une tasse puis s'assied en face d'elle.

— Vous habitez toujours la vieille maison des parents, au bas du pays ? Je vous ai vus au passage, hier. Elle aurait besoin d'un coup de neuf, non ?

— On n'a pas les moyens, dit-elle sèchement.

— Baptiste ne peut pas la retaper ? Les Régnier m'ont dit qu'il faisait des petits travaux ici au chalet.

— Baptiste…

— Vous…

Un « Bonjour ! » enjoué lancé du haut de l'escalier l'interrompt. Il esquisse un mouvement pour se retourner et lui répondre, s'arrête en chemin. Aline a fermé les yeux, le visage défait, toute la tension qui la durcissait évanouie dans une incompréhensible expression de soulagement. Elle rouvre les yeux, se reprend et il détourne tout de suite son regard. Béatrice descend l'escalier, vêtue d'un caleçon noir et d'un tee-shirt blanc. Elle vient vers eux, souriante et fraîche, tend la main à Aline :

— Bonjour, madame Aline ! Je suis contente de vous revoir !

Paul s'étonne de ce « madame », puis réalise que c'est toute petite qu'elle l'a connue, lorsqu'elle venait au chalet avec ses parents. Un sourire, une tendresse inattendue adoucissent le visage d'Aline.

— Moi aussi, Béatrice.

Béatrice salue Paul, qui propose son café.

— Il y a du pain, dit-il, mais il ne doit pas être très fameux.

— Le boulanger passe vers neuf heures et demie au village, dit Aline. Vous entendrez la trompe.

— Tous les jours ? s'étonne Paul. Dans le temps, c'était une fois par semaine. Le jeudi, je me souviens.

— Deux fois, rectifie Aline. Le samedi aussi. C'est toujours comme ça en hiver, mais en saison il y a des gens de la ville qui aiment le pain frais.

Elle se lève.

— Bon, je viendrai demain, dit-elle. En fin de matinée, si ça vous va.

— Quand vous voulez, je me lève toujours tôt.

— Au revoir, Béatrice.

— Au revoir, madame Aline. Moi je serai partie, on ne se reverra sûrement plus. Vous donnerez le bonjour pour moi à monsieur Baptiste ?

— C'est ça, dit Aline. Allez, adieu !

Paul l'accompagne sur la terrasse.

— Et Baptiste ?

— Quoi, Baptiste ?

La voix est redevenue rude, le ton méfiant.

— Est-ce qu'il voudra bien continuer à entretenir l'extérieur ? Faucher, faire les petits travaux… J'en aurai besoin.

— Je vais voir. Vous savez comme il est. Et Justin, il ne doit pas en faire, des travaux ?

— Justin… Ah ! Camperini ? Oui, quelques-uns, mais en septembre, quand je serai reparti à Paris.

— Vous n'allez pas rester ici à demeure ?

— J'y pense, dit Paul. Pour un peu plus tard.

Elle hoche la tête, s'engage dans l'escalier, avec un geste d'adieu. Paul la regarde descendre jusqu'au chemin, le corps très droit, les larges épaules à peine balancées par la marche. Il rentre.

— Je vous ai beurré des tartines, lance Béatrice. Mais c'est vrai que le pain n'est pas bon !

— On descendra en chercher du frais quand on entendra le boulanger, dit Paul.

Qui s'étonne de ce « on » sorti spontanément.

18

Sous les mélèzes, les aiguilles mortes font un tapis glissant sous le pied, et où rien ne pousse. Dès que les arbres s'espacent un peu, là où la lumière et le soleil peuvent parvenir, des fleurs, des plantes, des buissons s'enracinent dans le peu de terre qu'ils trouvent entre les rochers moussus. La rosée de la nuit vernisse encore les petits buissons bas et drus des myrtilles. Les feuilles des framboisiers s'argentent sur leurs revers. La chandelle rose du bois-joli, pourpre d'une grande digitale, la corolle solitaire d'une églantine attirent déjà de gros bourdons affairés.

D'un vol rapide, rectiligne, un pic gagne un tronc et, tête en bas, coiffé de noir et de rouge éclatant, se met tout de suite au travail : staccato de mitraillette, rafale de coups du bec droit, solide, qui frappe si vite qu'on n'en distingue pas le mouvement. Le pic s'interrompt, cherche de son œil rond les insectes que les vibrations ont fait sortir de l'écorce, les gobe et recommence. Le bruit part en chapelet sonore dans la forêt, vogue parmi les troncs. Brusquement, le pic change d'arbre.

Un coucou lancinant appelle depuis longtemps, mais on ne s'en aperçoit que lorsqu'il se tait. Alors, c'est un îlot de silence, brusquement émergé. La forêt est soudain plus profonde.

Le torrent travaille, inlassable. Polit, blanchit les rochers arrondis qui l'encombrent, les submerge parfois, se plie aux défilés, proteste et rejaillit, poursuit, chargé d'écume qui s'évanouit dans les vasques ou tourne en rond dans les culs-de-sac. Une touffe d'herbes longues s'incline sur l'eau qui l'effleure. Une sauterelle vert et jaune s'y accroche, cherche à atteindre la rive. L'herbe plie sous sa détente, la sauterelle déploie des rudiments d'ailes inutiles et, minuscule Icare écartelé étincelant un bref instant dans le soleil, tombe dans le courant, qui l'emporte. Sous une petite chute, dans les remous et les bulles d'air, le museau tourné vers l'amont, la truite attend. D'imperceptibles battements des nageoires la maintiennent immobile. Au moment où la sauterelle tombe au bas de la cascade, un petit gouffre noir vient s'ouvrir à la surface, se referme aussitôt. La sauterelle a disparu. La truite aussi.

Une bergeronnette traverse le torrent en longues ondulations, une série d'arcs lancés par un bref battement d'ailes, puis le corps confié immobile à la trajectoire redescend au ras de l'eau pour une nouvelle impulsion. Elle se pose sur une roche humide, sa très longue queue salue vigoureusement, en cadence obstinée. Elle parcourt ainsi le rocher sur ses pattes grêles. Une compagne tout identique vient se poser près d'elle. Elles font mine de s'ignorer, explorent en courant fiévreusement le minuscule territoire, puis soudain s'envolent au même instant, deux séries parallèles de courbes pareillement rythmées qui disparaissent vers l'aval.

Une martre se coule entre les roches et les buissons, s'arrête à tout moment pour dresser son cou musculeux et sa tête fine piquée de deux petits yeux noirs, oreilles dressées, moustaches et narines frémissantes. À son approche la forêt s'inquiète et fait silence, la trompe d'une musaraigne qui émergeait de son trou s'immobilise, puis disparaît. Un geai explose bruyamment dans un éclair bleu, son cajolement indigné se perd entre les troncs. La martre gagne le buisson d'où il s'est envolé et cherche, museau dressé, le nid d'où il a voulu l'éloigner.

Baptiste est accroupi contre le tronc d'un mélèze, la joue mêlée à l'écorce rugueuse. De lents courants végétaux, la fraîcheur de l'humus, l'odeur poivrée des armillaires le traversent et l'irriguent, il se fond dans la vie secrète, intense et silencieuse de la forêt. La paix est là, plus encore que dans le refuge du corps d'Aline.

Sa main posée au sol se referme sur une petite pierre, son bras se détend brusquement, un mouvement immédiat, animal. La pierre déchire la mousse à quelques centimètres du museau de la martre, qui disparaît tout aussi instantanément. Le repos, de nouveau.

En contrebas, quelques mètres au-dessous de lui, le torrent gronde sourdement dans la petite gorge. C'est de cette même place qu'il a vu se débattre, puis s'abandonner le vieux Charles. Il vient souvent ici, c'est un point d'équilibre entre le village et la forêt, la montagne et les alpages, entre le bruissement de la vie, l'agitation des hommes et la lenteur végétale, la paix sidérale des roches et du ciel. Le point de passage toujours cherché, ici parfois miraculeusement présent, entre deux mondes, entre l'intérieur et l'extérieur, entre l'orage confus des pensées et la sérénité fraîche des arbres, de la terre et de l'eau.

Le lieu d'un spasme aussi, parfois nécessaire, comme appelé par la paix elle-même quand elle s'est faite trop dense, immobile à la longue, risque d'éternité, et qu'elle doive violemment se secouer pour que reprenne la lente respiration des choses.

C'est ici qu'il se tenait déjà, un soir, quand il avait seize ans. Quand Claire descendait, légère, sautant de pierre en pierre, le long du torrent.

19

— Pourquoi ne resteriez-vous pas quelques jours ? Vous êtes en vacances, si j'ai bien compris.

— Des vacances, si l'on veut. J'ai un concert dans une semaine, et je dois travailler d'ici là.

Elle laisse ouvert le carton à demi rempli de livres, se redresse et se tourne vers Paul.

— Pourquoi ?

— C'est très égoïste. Je craignais un peu ces premiers jours seul ici, c'est une chance de vous avoir. Mais vous êtes peut-être attendue ?

— Mon piano m'attend, c'est tout. Mais c'est un compagnon exigeant.

Elle reprend sa tâche, trie encore quelques livres, gestes ralentis, hésitants. Montre la pile des ouvrages délaissés qui grandit contre le mur :

— Tout ce que je ne prends pas. Que va-t-on en faire ?

— Je m'en débrouillerai. Certains peuvent m'intéresser.

— J'en doute. Les miens, vous devez les connaître. Quant à ceux de mes parents… Mon père aimait surtout l'histoire contemporaine. Si la guerre de 14-18 ou celle de 39-45 vous passionnent…

— Pas vraiment. Et votre mère ?

Elle montre une petite bibliothèque vitrée, dans un coin de la pièce :

— Je n'y ai pas encore touché. Rien que de la poésie, ou presque. Je tourne autour depuis tout à l'heure : tout emporter, ou tout laisser…

— Que veut votre père ?

— Je ne sais pas. Il ne veut plus grand-chose, il vieillit, c'est tout. « Occupe-toi de tout cela », voilà la consigne. À propos, nous n'avons pas encore parlé des meubles.

— Je suis repreneur de tous ceux que vous laisserez, cela m'arrange en attendant d'en trouver éventuellement d'autres. Dites-moi votre prix.

— Il n'est pas question de prix, cela m'arrange moi aussi. Mais… ça ne vous fait pas… étrange ?

— Étrange ?

— Je ne sais pas…

Elle a un geste large qui embrasse toute la pièce :

— Toute une vie qui n'est pas la vôtre, que d'autres ont aménagée au fil des années, cela me paraîtrait bizarre, je crois que je n'aimerais pas. Et vos propres meubles, à Paris ?

Il reste un temps silencieux. Entend résonner ses pas dans les pièces vides.

— Pendant tout un temps au moins, il faudra bien que je me partage entre Paris et ici. Après… je ne sais pas encore.

Un autre silence. Que dirait-il de plus ? Il ne sait pas, c'est vrai. Il a quarante-cinq ans. De quoi seront faites les années à venir ? Et tout ce temps maintenant derrière lui, de quoi a-t-il été fait ? Si plein, et pourtant sans vraie consistance.

— Je n'ai pas grand-chose à quoi je tienne.

Elle fait quelques pas dans la pièce, va se camper devant la petite bibliothèque vitrée. Dos tourné :

— Vous vivez seul ?

— Depuis deux ans, oui.

— Vous avez… divorcé ?

— Si l'on veut. Nous n'étions pas mariés.

— Vous viviez depuis longtemps ensemble ?

Elle n'attend pas sa réponse, se retourne agitée, confuse :

— Excusez-moi, ces questions… En fait, c'est à moi que je pense quand je les pose.

— À vous ?

— Oui. Comment vous dire ? Je n'ai jamais… Tout a toujours tourné, pour moi, autour de la musique. J'ai travaillé sans cesse. Jouer me rend intensément heureuse, cela remplit ma vie, tout mon temps. Simplement, comme du coin de l'œil, j'aperçois d'autres choses autour de moi. Des gens qui s'aiment, qui vivent ensemble, qui font des enfants. Je me demande parfois si…

— Si ?

— Oh ! Si je ne passe pas à côté de toute une vie que j'ignore.

Elle s'ébroue, elle rit :

— Voilà ce qui me rend si indiscrète. Pardonnez-moi.

— Vingt ans, dit-il. Nous avons vécu vingt ans ensemble. Elle s'appelait, elle s'appelle Laurence.

Du silence, entre eux, tranquille comme un chien qui dort. Elle va à la petite bibliothèque vitrée, ouvre la porte. Sort un livre, le feuillette, le repose. En prend un autre, s'y attarde.

Une part de lui la regarde, parcourt la fine silhouette, très droite lorsqu'elle s'immobilise pour lire. Descend des cheveux bruns qui dansent sur ses épaules jusqu'aux pieds nus sur le plancher. S'émeut de ses chevilles lorsqu'elle se dresse sur la pointe des pieds pour atteindre le haut du meuble.

Une autre part ignore qu'il la caresse ainsi, en tout cas préfère n'y pas penser, laisse ses yeux partir à travers elle vers des brumes, des souvenirs. Cette autre part est triste, cherche ce qu'elle a perdu, sait qu'elle ne le retrouvera pas. Se tient, comme parfois, comme souvent, au bord du désir las de mourir.

Comme si elle lisait une phrase du livre qu'elle tient :

— Vous n'avez pas d'enfants ?

Comme s'il devait chercher la réponse au lointain :

— Non. Il y a eu… un accident.

Il ne trouve pas d'autre mot.

— Un accident. Et ensuite, Laurence ne pouvait plus en avoir. Et puis nous n'y avons plus pensé.

Pourquoi te mens-tu ?

C'est presque un effort, pour revenir à elle, pour accommoder de nouveau son regard sur la jeune fille qui lui tourne le dos là-bas.

— Ce que vous croyez voir… comment dites-vous ? du coin de l'œil, c'est cela. C'est très compliqué, vous savez !

— Bien sûr, je le sais ! J'y ai même fait quelques excursions. J'ai trouvé cela fatigant, décevant. La musique est tellement plus… pleine. Ça me fait peur parfois.

— Peur ?

— Je m'y noie. Elle m'absorbe. J'y suis totalement heureuse. Je pourrais ne vivre que d'elle, qu'avec elle. Qu'en elle. C'est ça qui me fait peur.

Un rire, en reposant le livre :

— Ce n'est que par moments, de petits moments !

— Vous n'avez que vingt ans.

— Vingt-cinq, monsieur ! Vingt-six, dans… un peu plus d'un mois !

Elle s'est maintenant retournée vers lui, d'une volte presque brutale, ramassée dans son regard, son visage, dans tout son corps immobilisé comme devant un obstacle trop rude. Il la trouve soudain très pâle et s'en inquiète.

— Il y a une question qui parfois me revient, toujours la même quand il m'arrive de penser à ma sœur. Ce n'est pas souvent, mais c'est toujours la même question. J'en ai presque… honte, je la chasse, elle revient.

Il sait quelle est sa question. Il le sait. Il ne faudrait pas…

— Est-ce que Claire… est-ce qu'elle a été…

— Violée ?

Le grand chien de silence qui dormait entre eux s'est levé, il erre dans la pièce, inquiet, il hume et fouille du museau, cherche dans les recoins ce qui l'a alerté. Répondre ?

— Je ne sais pas. Rien n'a été dit.

— Il n'y a rien dans ces journaux que j'ai lus.

— Non. Personne ici n'en a parlé.

— Et, vous… ? Vous n'y avez pas pensé ?

— Bien sûr, c'était là, ça ne devait pas… Il fallait repousser ça dans un coin, recouvrir, oublier, il ne fallait pas. Mais oui, c'était là.

Il se lève, marche jusqu'à la porte-fenêtre, regarde le pré, la forêt, la montagne.

— C'est toujours là.

20

Ils remontent le pré en direction de la source, qu'elle voudrait revoir. Elle a promis de revenir. Fin juillet. D'ici là, elle a plusieurs concerts, et surtout, le 25 juillet, La Roque-d'Anthéron.

— Une très grande chance pour moi. Et juste le jour de mes vingt-six ans !

Le parc de Florans, l'odeur des eucalyptus dans la nuit tiède, Laurence auprès de lui. Une femme, seule avec le grand piano noir. Une scène très intime. Elle jouait Scriabine, et Liszt. Il a oublié son nom.

Béatrice rit.

— Ne m'imaginez pas en soliste, je n'en suis pas là ! Un jour, peut-être…

Elle fait partie d'un trio invité pour la première fois. Elle remplace, depuis un an, le pianiste tombé malade.

— C'est difficile, il ne reviendra pas, il va mourir. Il s'appelle Léonard. Léonard Ehrenstein. Peut-être avez-vous entendu parler de lui ?

Paul secoue la tête.

— C'était un superbe pianiste. Il aurait pu faire une très grande carrière… Je l'aimais… je l'aime… beaucoup.

Le regard fixé sur le sol, tout en marchant dans l'herbe haute, elle cherche en hésitant le mot exact. Comme elle chercherait la juste sonorité d'une note.

— Comment me dire que c'est ma chance ?

— Vous avez vécu avec lui ?

Elle secoue la tête.

— Non ! Il a une femme, un enfant. Non, nous n'avons jamais… C'était bien plus que cela. C'était… Ah ! J'en parle au passé ! Non, un frère peut-être.

Il laisse passer un instant.

— Que jouerez-vous ?

Elle relève la tête, ses yeux brusquement revenus, brillants, heureux.

— Schubert. Le *Trio n° 1.* Vous le connaissez ?

— Je ne sais pas. Je ne connais pas grand-chose à la musique classique. J'en écoute, c'est tout. Un peu au hasard.

— Mais vous l'aimez ?

Elle n'attend pas sa réponse. Elle s'est arrêtée, pose une main sur son bras.

— Vous entendez ?

Entendre quoi ? Il y a une sorte de bruit de fond, le vent léger dans la forêt proche, dans les herbes le bourdonnement incessant des insectes.

— Écoutez !

Il l'interroge du regard. Elle montre le ru qui descend de la source et coule dans l'herbe, à quelques pas. Qu'il n'entendait pas, et qui soudain est là. Chuchotement très doucement modulé. Rires de petits enfants, étouffés, très loin, très près, dans un autre monde. Juste à côté. Inatteignables. Incessants.

— Vous savez ce que note Schubert, sur la partition de piano tout en doubles croches qui revient sans cesse en accompagnement ? « Comme le murmure d'un ruisseau. »

Ils écoutent maintenant, ensemble, les yeux semblablement perdus.

— Vous comprenez que j'aie peur ?

— Je crois, dit-il.

Ils se remettent en marche, font silence jusqu'à la source.

Elle s'est accroupie au bord de la vasque, recueille l'eau au creux de sa main, l'amène à sa bouche. Il détourne le regard, en urgence.

Il dit qu'il sera lui aussi de retour au chalet pour la fin juillet, qu'il y passera le mois d'août. Qu'elle est ici chez elle, qu'elle peut y venir chaque fois qu'il lui plaira. Elle l'écoute en souriant, et en jouant avec l'eau.

Il dit qu'il envisage de bientôt habiter en permanence au chalet, qu'il étudie la question.

Il dit que, bien sûr, il faudra qu'il abandonne ses patients, que cela ne se fait pas en un jour, mais qu'il commence à y penser.

Il dit qu'il y a la question d'argent, qu'il en a un peu de côté mais pas assez pour en vivre. Mais qu'il écrit, qu'un livre de lui va être publié, que peut-être, si d'autres suivent...

Il dit tout, tout ce qui lui vient, dans le désordre et l'anxiété. Peut-être va-t-elle disparaître, s'il s'interrompt.

Elle continue à sourire en regardant l'eau.

— Un roman ?

— Pas encore. Je veux dire... j'aimerais bien, mais je ne suis pas prêt. Non, c'est un essai. Sur l'angoisse.

— J'aimerais le lire. Quel est son titre ?

Il dit que la publication est prévue pour l'hiver prochain, et que le titre est encore incertain. Il est bouleversé.

Le titre, il l'a emprunté à Kierkegaard. Et au moment de le prononcer, pour la première fois, il entend, non, il voit ! Il *la* voit, aussi présente et inaperçue jusque-là que, tout à l'heure, le murmure du ruisseau :

— *La nuit* claire *de l'angoisse*, dit-il.

A-t-elle entendu, elle aussi ? Elle ne dit rien.

21

Il a laissé le Land Rover chez le garagiste. Deux heures à tuer en attendant le train. Il était pressé de quitter le chalet.

Béatrice est partie avant-hier, elle ne sera restée que trois jours. Elle a promis : après La Roque-d'Anthéron. Dans... il compte une fois de plus... six semaines. Lui-même reviendra vers le 20 juillet, un peu en avance, pour vérifier que tout est prêt. Avec Justin Camperini, hier, ils ont décidé des travaux les plus urgents, l'entrepreneur lui a promis de s'en occuper immédiatement.

Elle *devait* partir. Une nécessité, un impératif, qui lui fait regagner Paris sans qu'il lui soit même pensable de s'attarder.

— Vous ne pouvez pas travailler sur... celui-ci ? a-t-il demandé en montrant le vieux Pleyel. En le faisant accorder ?

Elle a ri de bon cœur.

— Vous tenez à ce que je me casse les doigts et les poignets ? Et puis, je dois répéter avec les autres.

Un peu plus tard, aussi légèrement qu'il l'a pu, il a suggéré qu'ils pourraient se voir à Paris. Tout en se demandant ce qu'il était en train de faire. Ce que peut penser Béatrice de son insistance. Craignant de l'effrayer. Craignant de la perdre.

Il a tort. Elle n'est pas effrayée, elle ne l'entend simplement pas, ou si peu, elle est déjà toute à son travail, déjà immergée, il n'y a place pour rien d'autre dans les jours qui viennent.

La brasserie où il s'est installé, en face de la gare, est presque déserte. À quelques tables de lui, un homme qui doit lui aussi attendre l'heure du train de Paris, une petite valise posée à ses pieds, le dévisage depuis un certain temps. Un homme d'âge mûr, aux cheveux grisonnants, une figure qui ne lui est pas inconnue.

L'homme, voyant qu'il le regarde à son tour, se lève et vient jusqu'à sa table.

— Pardonnez-moi si je me trompe, mais... n'êtes-vous pas Denonne ? Paul Denonne ?

— En effet, dit-il. Mais je ne parviens pas...

L'homme rit brièvement.

— J'ai sans doute plus changé que vous. Que toi. Charles Teppaz. Tu te souviens ?

Charles Teppaz, le collège ! Il s'exclame, s'excuse, l'invite à s'asseoir avec lui. Ils échangent les banalités convenues : « Qu'es-tu devenu ? Quel travail ? La famille ? Des enfants ? » Des souvenirs, incertains : « Tu te souviens d'Untel ? Mais si !... »

Teppaz est fonctionnaire. À un rang assez élevé, à ce que comprend Paul : il a fait des études de droit, et il est chargé de missions délicates concernant les rapports entre police judiciaire et gendarmerie. Il dépend directement de Matignon, dit-il avec importance, et travaille avec plusieurs ministères. Non, il n'a plus de famille ici, c'est pur hasard qu'un dossier dont il est en charge l'ait ramené à Saint-Gervais. Un dossier très... « délicat », il répète souvent le mot, avec la nuance de fausse discrétion un peu mystérieuse qui est la marque de l'initié.

Paul parle brièvement, écoute surtout, avec attention, semble-t-il. En réalité, il est tout occupé à tenter de retrouver l'image incertaine d'un adolescent gracile et, s'il s'en souvient bien, timide et craintif, dans cet homme épais et volubile. Il se demande s'il a lui aussi changé à ce point.

L'heure du train est arrivée, ils se dirigent tous deux vers la gare, et Paul espère que Teppaz voyage en seconde et qu'il n'aura pas à subir son bavardage pendant quatre heures, mais non, bien sûr que non, l'important Teppaz est « en mission », il ne se déplace qu'en première et il s'installe, jovial, en face de lui.

La nuit est tombée. Teppaz bourdonne. Paul rêvasse en regardant les lumières fugitives que le train efface très vite entre deux traversées sombres de campagnes déjà endormies. Il ponctue parfois poliment, de quelques exclamations qu'il espère pertinentes, le récit de bavures dans la coordination des services auxquelles Teppaz a dû remédier, et dont il pourrait dire très long s'il n'était tenu au devoir de réserve.

Lyon, trois minutes d'arrêt. Le wagon se remplit, le train repart, plus que deux heures. Née d'on ne sait quoi, de ce mot « dossier », peut-être, qui revient beaucoup accolé à « délicat » dans le bavardage de Teppaz, une idée germe dans l'esprit de Paul. Une idée qu'il tente de repousser mais qui insiste. À laquelle il cède finalement.

— Tu peux avoir accès aux dossiers de toutes les affaires criminelles, si je comprends bien ?

Teppaz semble brusquement inquiet. Oui, bien sûr. Sauf si elles sont en cours d'instruction. Encore que… Pourquoi Paul lui demande-t-il cela ?

— Une affaire de meurtre, très ancienne, classée voilà longtemps bien que le coupable n'ait jamais été démasqué. Plus de vingt-cinq ans. Peut-on accéder au dossier ? Existe-t-il encore ?

— Oui, dit Teppaz, qui paraît soulagé. Une telle affaire n'est jamais vraiment classée, même s'il y a prescription et que personne ne s'en occupe plus. Le dossier reste… dans les limbes, dit-il en souriant de son image. Il est bien rare qu'il en ressorte, mais on ne sait jamais. Il y a quelques années, justement, on a pu établir un lien insoupçonné jusque-là entre…

— C'était en 1976, l'interrompt Paul. Aux Anglettes, le village où je suis né et où je viens de racheter ce chalet dont je t'ai parlé. L'assassinat, jamais élucidé, d'une jeune fille.

Teppaz connaît les Anglettes ! Mais il ne se souvient pas de cette affaire. Après le collège, il est parti pour Lyon où son père a été nommé instituteur, et il n'est plus guère revenu dans la région.

— J'écris une histoire du village et de ses habitants, ce qu'ils sont devenus avec le temps, invente Paul. Pour moi surtout, sans véritable projet de publication. Peux-tu me faire avoir accès au dossier ?

Teppaz croit savoir que les limbes en question, jusque-là régionales, sont en cours de regroupement à Paris. On centralise et on informatise, dit-il. Il va voir ce qu'il peut faire. Quel est le nom de la victime ? En quelle année, déjà ?

Ils échangent leurs numéros de téléphone, Teppaz promet de le rappeler très vite, il est heureux de pouvoir lui rendre ce service.

Paris, enfin. Ils se séparent à l'extrémité du quai. Teppaz lui donne une amicale bourrade dans le dos. Paul a horreur de cela, il lui sourit et s'évade, vers le métro, dit-il.

22

Elle ralentit le pas à mesure qu'elle approche du sas d'entrée. Des malades sortis pour fumer errent sans but autour de la porte. Un vieil homme très maigre roule sa potence chargée de poches en plastique, d'où descendent des tuyaux qui disparaissent dans la manche de sa robe de chambre. Son regard vide passe sur Béatrice sans paraître la voir.

Elle passe la grande porte à tambour, inlassable moulin qui tourne lentement, et pénètre dans le grand hall de l'hôpital. S'accoude un instant à la margelle qui entoure un pan incliné fait de dalles de marbre semées de fausses pierres transparentes et lumineuses, sur lequel ruisselle en permanence une nappe d'eau qui se perd tout en bas dans le sous-sol. Un panneau qu'elle a déjà lu lors de ses précédentes visites donne le nom de l'artiste et le titre de l'œuvre : *La descente au Paradis*. Là-haut, au troisième étage, Léonard attend la mort.

Quelques minutes de répit encore. Elle ressort du hall et traverse les allées en direction de l'ancien quartier central de l'hôpital Saint-Louis. Le « Carré historique », indique le panneau apposé au-dessus du porche qui y conduit.

Elle franchit la voûte, s'arrête, reste un temps immobile. Regarde comme elle écouterait. Des massifs de fleurs, quelques grands arbres vieux et paisibles. Dans les allées de graviers, des jeunes femmes se penchent sur leurs landaus, des malades qui marchent très lentement y jettent un regard au passage. Sur les pelouses, des petits enfants jouent. Tout autour, l'accord parfait du quadrilatère des vieux bâtiments de briques sombres, la ligne mélodique des toits, le rythme des fenêtres de Mansart. Elle écoute et elle respire, les yeux très grands ouverts. Puis elle fait demi-tour et regagne l'immense usine de la souffrance.

Les services ont des noms de fleurs. Laque blanche, linoléum vert, portes toutes identiques, la 409 est entrouverte. Une femme assise au chevet d'un très vieil homme qui dort peut-être. Dans l'autre lit, près de la fenêtre, Léonard est seul, elle n'aperçoit que son dos et l'angle saillant de son épaule. Il a encore maigri. Elle s'approche, contourne le lit. Il a les yeux ouverts, elle se glisse dans son regard, qui ne s'étonne pas, qui l'attendait peut-être. Son bras esquisse un geste et retombe, des cordes sous la peau semée de taches brunes se tendent et se relâchent aussitôt. Elle prend la main aux doigts immenses et abandonnés, elle la prend dans ses deux mains à elle, trop fortes, trop pleines, les yeux fatigués les regardent et sourient doucement.

Il n'a plus guère la force de parler. Que disent les médecins ? Les doigts se soulèvent un peu, retombent dans les siens, disent l'impuissance et l'abandon. Non, il ne souffre pas, pas vraiment, on lui donne de la morphine.

— Parle-moi plutôt de toi, souffle-t-il.

Elle dit les répétitions, l'échéance qui se rapproche trop vite. Elle court devant la peur, et c'est de peur qu'elle parle. Surtout dans le second mouvement, l'andante. Le violon vient tout de suite l'épauler, bien sûr, mais c'est à elle d'attaquer et comment être très douce et impérieuse à la fois ? Il ferme les yeux, il écoute. Elle croit sentir au creux de ses mains le mouvement à peine esquissé des doigts que la musique irrigue encore, alors elle continue.

Est-ce qu'il dort ? Son souffle est rare, minuscule et pénible à la fois, mais régulier. Elle s'interrompt, l'écoute. Alors il rouvre les yeux, à quelques centimètres de son visage penché sur le sien. Regarde sa bouche, monte à ses pommettes, à son front, les caresse en une lente promenade, elle ne bouge pas, elle se donne et se sent pauvre, mais quand les yeux pâles plongent enfin dans les siens, démunis, elle y voit briller faiblement une petite étincelle malicieuse, presque un rire qui passe.

— Est-ce que…

Elle se penche encore un peu plus pour l'entendre.

— Est-ce que… tu fais bien… murmurer le ruisseau ?

Le rire s'éteint aussitôt, ses paupières se ferment. Il s'endort.

Elle le veille. Elle sait qu'il s'éloigne. C'est un homme, sa vraie force est intacte, simplement il s'éloigne, il s'amenuise, sa silhouette très nette va disparaître dans le lointain. Hors de portée. À voix très basse, parle-t-elle même vraiment ? elle dit : « Je t'aime, Léonard. » Il ne l'entend pas. Alors elle effleure des lèvres sa tempe, qu'elle trouve tiède, qu'elle respire mais où elle ne sent que l'odeur fade de l'hôpital. Elle se redresse. Elle pose encore la main sur l'épaule aiguë, puis s'en va. Elle ne veut pas rencontrer le regard de la femme assise près de l'autre lit, qui la suit des yeux jusqu'à la porte. Elle marche mécaniquement dans les couloirs trop clairs. L'ascenseur, des gens verticaux, immobiles, deux médecins qui parlent fort. Le grand hall, des enfants qui courent, des malades qui errent, la margelle de *La descente au Paradis*, où elle laisse traîner sa main au passage. Dehors, du soleil.

Elle sait qu'elle ne reviendra plus. Un sanglot né dans sa poitrine ne franchit pas sa gorge. Elle ne veut pas penser à la caresse du vent léger sur son visage, elle la sent quand même. Elle retrouve la ville et s'y enfonce.

23

« Voici la copie promise. Je n'ai pas joint les photos, plutôt sinistres ! Tu as mon téléphone, en cas de besoin. Pourquoi ne viendrais-tu pas dîner un soir à la maison ? Je te rappelle bientôt. Amitiés. Teppaz. »

La lettre accompagnait une grande enveloppe de papier kraft déposée tout à l'heure par un coursier et que Paul n'a pas ouverte encore, qu'il regarde de temps en temps, posée sur son bureau, tandis qu'une femme, assise devant lui, parle sans discontinuer de lassitude et d'ennui, de désintérêt et d'envie de mourir, d'une voix monocorde qui cherche à l'engluer.

Sa pensée dérive, barque désamarrée que le courant cherche à entraîner, qui s'accroche aux roseaux de la rive, tournoie lentement sur elle-même, repart rêveusement pour s'immobiliser un peu plus loin. *Engluer* : le mot est venu donner une forme à l'entrave de son esprit, c'est un timide essai pour s'extraire de l'emprise de la voix, et de l'avoir sécrété la pensée s'en libère un peu. Une plainte, lancinante, pour s'agripper, se tenir, le retenir, l'absorber si possible.

Des franges sonores, des vaguelettes en résonance. Quel est ce mot qu'elle a employé et qui est passé noyé dans le flot et qui maintenant insiste pour se faire entendre ? Était-ce tout à l'heure ou… non, cela vient de plus loin, c'était un rêve qu'elle a apporté, il y a… il ne sait plus, le temps fait parfois des boucles et les boucles des nœuds où il se fige en grimace immobile et lorsqu'on les desserre, ces nœuds, quand on le peut, alors le temps se lisse d'un coup et repart en avant et la pensée retrouve son pas de flânerie. C'est *anglaise* qui revient, elle était anglaise dans son rêve et en l'écoutant il avait entendu et à peine pensé *en glaise,* puis oublié mais pas vraiment, puisque maintenant la *glaise* et la *glu* se rejoignent et…

… et tout s'arrête, la lumière a changé, il est de retour dans son cabinet, dans son fauteuil, les yeux fixés sur l'enveloppe de papier kraft au bord du bureau là-bas, trop éclairée. Sur l'enveloppe qu'il n'a pas ouverte, il y a une inscription au crayon.

Les Anglettes, 28 août 1976.

La pendulette dit qu'il est temps d'interrompre.

Les feuillets sont dispersés sur le bureau. Paul repousse celui qu'il a immédiatement recherché parmi tous les rapports de gendarmerie et de police judiciaire, celui du médecin légiste qui a examiné le corps de Claire le lendemain du meurtre. Trois fois relu, un puits de douleur dans la poitrine, dans le ventre, à chaque fois creusé.

Violence exceptionnelle… Enfoncements crâniens… Vêtements arrachés… Pas de traces de sévices sexuels décelables.

Pas de traces de sévices sexuels décelables.

Il se lève. Va dans la cuisine, ouvre un placard, saisit une bouteille de whisky, la regarde, la repose. Enfile sa veste et sort, laisse la lampe de bureau inonder silencieusement de lumière les feuilles éparses.

Le bar au coin de sa rue. Au comptoir, un homme solitaire, les yeux dans le vague, cramponné à sa bière. Il s'assied sur le tabouret près de lui, demande un armagnac. Regarde la main de l'homme, celle qui ne tient pas la bière et qui repose, abandonnée, lasse, sur le zinc. Des doigts épais, abîmés, de travailleur manuel. Une main forte, qui pourrait tenir une pierre, par exemple, et frapper. La sienne, quelques centimètres à côté, blanche et soignée.

Il regarde le visage perdu de l'homme, un visage hétéroclite, une mâchoire dure et des lèvres molles, un V de souffrance mélancolique entre les sourcils, un regard inhabité. Un visage fait de bric et de broc, un visage bidonville. Il regarde les épaules maigres et asymétriques sous la veste noire râpée, et le dos rond et un peu déjeté. Il hait cet homme, désespérément, sans aucune raison. Il hait le couple attablé près de la vitrine, une femme grasse et trop fardée qui rit complaisamment des mots que lui jette un homme mou attablé en face d'elle, elle rit à chaque fin de phrase tandis que ses yeux froids furètent à droite et à gauche dans la salle presque vide.

Il demande un autre armagnac. Il hait le barman.

Il se hait d'être là, d'être en vie. Encore. Pour rien. Si longtemps après.

Lorsqu'il l'a quittée, près du pont, après ce dernier baiser…

… ses lèvres douces, un effleurement…

… oui, lorsqu'elle s'est retournée, après quelques pas de danseuse sur les pierres de la berge… lorsqu'elle lui a offert encore son sourire, ça, il s'en souvient, il le voit, il la voit, oui mais…

Mais toi ? Lui as-tu, comme si souvent mais cette fois-là, cette dernière fois, lui as-tu murmuré, même pas, articulé seulement, pour qu'elle le lise sur tes lèvres, lui as-tu dit, crié silencieusement : « Je t'aime » ?

Il ne s'en souvient pas. C'est comme une trahison.

Un autre armagnac. Le barman hausse un sourcil et le sert. L'alcool brûle et apaise. Quelque chose a changé, les bruits se sont assourdis, le bar est tiédasse, les gens y stagnent, la bouche épaisse de la femme qui rit s'ouvre et se ferme silencieusement, un poisson qui rêve de nourriture.

L'homme accoudé près de lui le regarde, pourquoi ? Mais non, ses yeux sont vitreux, il ne regarde rien.

Il regarde sa vie, comme toi.

24

Ils ont voulu répéter quand même, ce soir comme les autres soirs, comme si Léonard n'était pas mort dans le silence des petites heures du matin, alors qu'il n'y avait personne auprès de lui. Ils ont renoncé, ils ne pouvaient pas. Le premier, le violoncelle s'est levé, a appuyé son instrument contre sa chaise et posé son archet et montré ses mains vides désolées, et le violon a laissé glisser le sien de sa loge entre épaule et menton et il est venu pendre au bout du bras impuissant, et Béatrice a gardé son index enfoncé immobile sur un *sol* dièse, qui a continué à sonner de plus en plus lointain jusqu'à ce qu'elle le quitte et que les feutres l'étouffent enfin.

Ils se sont donné rendez-vous pour après-demain, pour l'enterrement, ils se sont quittés sans plus rien dire et chacun de son côté a marché dans la ville indifférente.

Les nuages sont descendus dans la vallée et les trois ampoules sous leurs auréoles de tôle écaillée, à l'entrée, au centre et à la sortie des Anglettes, peinent à percer la ouate où s'enfouit le village. Aline hume l'air chargé d'eau, regarde un moment le halo de brouillard immobile autour de la lampe accrochée à un poteau devant la maison, rentre et referme sa porte. Devant elle, la nuque épaisse de Baptiste accoudé à la table, le regard perdu dans un verre de vin à demi vide.

Il faudra qu'elle lui coupe les cheveux.

Avec le crochet pendu à la cuisinière de fonte noire, elle fait glisser le disque central, puis deux des cercles qui couvrent le foyer, tisonne un peu pour faire tomber la cendre, puis y glisse deux bûches et referme.

— Ils vont revenir ?

— Qui ça ?

Comme si, à faire semblant d'ignorer de quoi il parle, elle allait dissiper tous les fantômes qui rôdent dehors, autour de la maison, dans le village, dans la forêt et les montagnes.

— Ils vont revenir ?

Elle ouvre la porte latérale de la cuisinière, sort la brique émaillée qui s'y réchauffe, la tourne sans raison aucune, pour faire du bruit, referme. Peine perdue et elle le sait d'avance.

— Ils vont revenir ?

— Est-ce que je sais ? Sûrement. Lui, sûrement.

— Pas la fille ?

— Béatrice ? Pourquoi tu ne l'appelles pas par son nom ?

— Pas elle ?

— Peut-être une fois. Elle n'a pas fini.

— Où tu l'as mise ?

Elle a froid. Rouvre le foyer, remue les bûches.

— Où tu l'as mise ?

— Mise quoi ?

— La pierre.

— Quelle pierre ? Il n'y a pas de pierre. Pense plus à ça.

— Si ! La pierre…

Mathilde Régnier ne dort pas. De plus en plus souvent, ces derniers temps, même fatiguée de sa journée, elle ne trouve pas le sommeil. Ce n'est pas vraiment pénible. Les yeux ouverts dans le noir, elle écoute la respiration calme d'Antoine dont elle sent la chaleur à son côté. Parfois le souffle régulier s'interrompt, une sorte de soupir plus profond, il bouge un peu, puis retrouve son rythme tranquille. Elle laisse ses pensées reprendre, elles aussi, leur dérive paisible.

Elle aime bien le bruit de la pluie. Ou ce silence particulier, dense et léger à la fois, l'hiver, lorsque la neige entoure et couvre la ferme et que la montagne dort autour d'eux.

Elle écoute la maison. Elle pense : c'est à nous, maintenant.

Gabriel sera là dans… dix jours, puisque hier c'était onze. S'il vient tout de suite ! Lorsqu'il a téléphoné, samedi, il a pour la première fois été évasif.

— On ferme le 30. Vers le 2, sûrement.

Il ne viendra pas toujours.

Il a peut-être une amie.

Souvent, elle dort, mais elle ne le sait pas.

La rambarde du balcon est froide sous les mains de Paul. La rue est déserte. Quelques fenêtres sont encore éclairées. Une ombre, parfois, derrière un rideau, une silhouette, un geste adressé à un interlocuteur invisible. Le pinceau rouge du phare de la tour Eiffel tranche la nuit, qui se referme, plus noire derrière son passage. Une inlassable rumeur rôde au fond du silence.

Béatrice est quelque part dans la ville, parmi ces toits, ces immeubles qui s'enchevêtrent devant lui. Pas très loin peut-être ?

L'idée folle lui revient, pas si folle peut-être, après tout. Et s'il achetait, non, ce doit être beaucoup trop cher, mais s'il louait un très bon piano pour le chalet ? Elle le trouverait là, lorsqu'elle reviendra. Elle s'émerveillerait, l'ouvrirait, s'assiérait, frapperait quelques notes et les écouterait résonner. Elle se retournerait vers lui, le regarderait avec des yeux joyeux, brillants, puis elle jouerait.

Il s'aperçoit qu'il est en train de sourire à la nuit, à personne, à son rêve.

Il voit ses épaules, ses bras, ses mains sur le clavier. Il voit les cheveux noirs, courts, en désordre, la nuque fragile et le dos très droit et la courbe de ses hanches.

Il s'interdit de voir.

Et pourquoi, après tout ?

Tu le sais bien, pourquoi !

Non, je ne le sais pas.

Il secoue la tête. Ça ne chasse pas les pensées.

Pas de traces de sévices sexuels décelables...

Il rentre, ferme la fenêtre, hésite. Les feuilles éparses l'attendent dans son bureau, sous la lumière crue de la lampe. Les procès-verbaux des interrogatoires des témoins. Témoins de quoi ? Il est fatigué, il les lira demain.

Il éteint, passe dans sa chambre. Se déshabille. S'étend nu sur le lit trop grand, ne rabat pas la couverture, attend que la fraîcheur baigne son corps.

L'alcool l'embrume. Il revoit les yeux vides de l'homme du bar.

Il tire le drap sur lui, il s'endort enfin.

25

Pourquoi n'y a-t-il pas pensé plus tôt ? Il en a été souvent ainsi dans sa vie : une inertie qu'il comprend mal, dont il s'extrait trop tard, lorsque l'occasion est passée et qu'il n'a plus que des regrets, une inutile et douloureuse lucidité, une vague colère contre lui-même. Lorsqu'il y réfléchit, c'est toujours la même scène qui revient, une sorte de prototype, dont tout au long de sa vie il retrouvera les harmoniques.

Il a quatre ans, cinq peut-être. Sa mère l'a emmené au petit cimetière, c'est une promenade qu'il a déjà faite avec elle, quelques centaines de mètres, à mi-chemin entre les Anglettes et la Drave. Comme les autres fois, elle s'est arrêtée sur une tombe dont elle arrange les fleurs, tandis qu'il joue dans les allées de graviers. Il sait qu'il ne doit pas monter sur les dalles ni toucher aux couronnes de perles.

— Il ne faut pas déranger les morts.

Il joue, mollement, sans plaisir, pour passer le temps, en traînant les pieds, avec la vague conscience d'un mystère suspendu autour de lui, inscrit dans le visage figé des vieilles femmes qui vont chercher de l'eau à la petite fontaine près du portail.

Il est revenu dans l'allée parallèle à celle où se tient sa mère, il la voit là, droite, immobile, le visage inondé de larmes, et il a la certitude brutale, inexplicable mais aveuglante, qu'il arrive trop tard.

Il n'a jamais compris le sens de cette scène, de ce souvenir trop net et coupé de tout. De cette matrice obscure de tous les regrets.

Il est retourné, seul, plus tard, au cimetière. Un nom est inscrit sur la tombe : Élise Denonne, 1957-1958. Il sait qu'il s'agit d'une sœur, morte un an avant sa naissance. C'est tante Annick qui lui en a parlé, il était déjà grand.

Deux noms sont venus s'ajouter par la suite, ceux de sa mère, puis de son père, au-dessous de celui de l'enfant. Curieuse impression, penser : « Élise », dire : « Élise », à haute voix… Et puis, se la représenter : une grande ou une petite sœur ?

Mais pourquoi « trop tard » ? Les rares fois où il y pense, une sorte de paresse de l'esprit l'envahit, l'englue.

La glu. La glaise. Les Anglettes. Les mots s'acharnent parfois, comme irrités de n'être pas entendus.

Il n'était pas trop tard, cette fois, il était tout juste temps et il a eu de la chance. Lorsque l'idée lui en est venue, il a remué ciel et terre. Il s'est souvenu que la femme d'un ami travaillait au ministère de la Culture. Il a insisté, supplié, et obtenu in extremis une place pour le 25 juillet à La Roque-d'Anthéron. Il a averti ses patients qu'il avançait ses vacances d'une semaine et il est là, dans les premiers rangs, c'est une place réservée aux officiels, presque trop près de la scène, il ne voudrait pas qu'elle l'aperçoive. Il se rassure en pensant que, de là-bas, tout doit paraître sombre et indistinct. De grands panneaux de métal, réflecteurs de son, disposés au-dessus et autour du podium, en font un vaisseau de lumière suspendu sans attaches dans la clairière. Il fixe, comme hypnotisé, l'aile noire à demi déployée du grand Steinway.

La nuit d'été transparente, bleue. L'odeur des pins et des eucalyptus. Les cigales se sont tues. Ils entrent en scène, elle porte une robe noire très simple, ils saluent et s'installent, elle semble frêle à côté de son piano. Il a peur pour elle, comme si elle devait le dompter.

Ils accordent leurs instruments. Les conversations deviennent murmures, qui s'évanouissent.

Le silence.

Sur un hochement de tête du violon, la musique prend possession de la nuit.

Le temps ne passe plus, il règne. Maître des mouvements des trois silhouettes noires dans la lumière, ses servants. Maître des pensées qu'il façonne, des sens qu'il réunit et confond : est-ce là entendre ? Est-ce voir, ou toucher, ou même sentir ? Les quelques secondes qui s'écoulent entre les quatre mouvements sont non pas du silence mais un souffle un instant suspendu. Et lorsque Béatrice frappe les deux derniers accords, et relève aussitôt les mains du clavier car ils doivent non pas résonner mais conclure, sans réplique, et que dans le même mouvement les archets quittent les cordes, la musique devenue muette repousse encore le temps, habite le silence et la pensée, avant que comme une vague longtemps retardée le monde fasse retour, l'odeur des arbres, les voix retrouvées, les applaudissements.

Elle a laissé retomber ses bras suspendus, elle s'est levée et tous trois s'inclinent, ils ne semblent pas vraiment présents dans ce premier salut, mais encore occupés, lointains à l'intérieur d'eux-mêmes. Ou peut-être, au contraire, un instant vides, entre deux mondes. Il la trouve très pâle.

Ils saluent encore une fois, puis une autre, ils sourient et remercient, ils sont de retour.

Il se lève lorsqu'ils sortent de scène. Il n'assistera pas à la seconde partie de la soirée. Il remonte lentement la grande allée bordée des trois cent soixante-cinq platanes qui égrènent chaque jour de l'année. Laisse derrière lui la rumeur qui s'éloigne, qui s'éteint dans la pénombre, écoute le crissement des graviers sous ses pas, le bruit de la solitude.

Demain, il sera au chalet.

26

Elle avait vingt ans. C'était le 28 août, elle ne peut l'oublier : la Saint-Augustin, la fête du père. La mère n'y pensait jamais. La mémoire des dates, des anniversaires et des fêtes, c'était elle, Aline. Du plus loin qu'elle se souvienne, petite fille déjà, elle y veillait sans défaillance, certaine que si elle ne tenait pas soigneusement en tête le registre où ils étaient consignés et réunis, tous quatre, si elle ne gardait pas fermement en main les fils qui les reliaient, tout se déferait, se diluerait, et elle aussi disparaîtrait. La famille, la maison étaient la seule assurance qu'ils existaient, chacun d'entre eux, qu'ils n'étaient pas des accidents aléatoires et dépourvus de sens survenus au fil du temps.

On ne pouvait pas se fier pour cela à sa mère, elle le savait depuis toujours. Les yeux de sa mère ne retenaient rien très longtemps, ils s'absentaient sans cesse. Sur un mode moins convulsif, plus doucement désespéré, les mêmes disparitions que celles de Baptiste. Quand elle faisait retour, c'était dans une sorte d'effort épuisant. Une terrible fatigue, pour ne vivre que si peu…

Et le père ? Qu'est-ce qui le faisait boire ? Elle ne l'avait jamais entendu élever la voix, jamais vu en colère. Il s'exilait, simplement, sans cesse, dans une ivresse triste, continue, depuis le matin, où il partait aux champs avec les trois litres rituels de rouge dans sa musette, jusqu'au soir où il rentrait d'un pas mal assuré, l'esprit noyé dans un marécage sombre clapotant au centre de lui-même.

Il semblait en être ainsi depuis... toujours. Qu'est-ce qui les avait réunis, ces deux-là, comment avaient-ils pu se trouver ? Faire des enfants ? Faire l'amour ? Comment m'ont-ils faite, moi, Aline ? Et Baptiste, comment ? Par hasard ? Sans même y penser, les yeux vides, comme lorsque le père mange la soupe, le soir. Le bras porte à la bouche la cuillère, l'enfourne, repart, jusqu'au raclement final de l'assiette. La main ne lâche la cuillère que pour saisir le verre de vin, et à la bouche, encore. La bouche du père, un animal qui vit sa vie absurde dans un visage mort depuis longtemps.

Est-ce ainsi qu'ils se sont aimés ? Unis ? Qu'il l'a couverte ? Lui, mécanique, aveugle, opiniâtre jusqu'au dernier soubresaut. Elle, les yeux dans le vide, dans le noir, même pas patiente : absente.

Et toi ? Toi et Baptiste ?

Non, ce n'est pas pareil.

Lorsqu'il a besoin d'elle, ce n'est pas seulement son sexe qu'elle accueille : c'est lui, tout entier, qu'elle entoure, qu'elle caresse. Qu'elle calme et qu'elle aime. Quand il demande, s'inquiète, s'affole parfois, elle le rassure et le contient. Et quand elle le sent tranquille, affermi, adouci à la fois, elle est heureuse, elle le tient par la main et ils se promènent et le monde devient paisible en eux et autour d'eux, et elle lui parle silencieusement, elle lui dit : « Oui, tu es chez toi, oui, sois bien, mon Baptiste, et va, va encore ! » Et elle lui sourit dans le creux de son cou et le berce encore longtemps après, quand il s'est apaisé et endormi en elle.

Peut-être était-ce ainsi, jadis, il y a très longtemps, entre le père et la mère ? Quand ils se sont rencontrés, trouvés, quand ils étaient beaux et vivants. Pourquoi n'aurait-ce pas été ainsi : avec de l'amour ?

Mais qu'est-ce qui tue les gens si tôt ?

Toute sa vie passée à ça : tenir Baptiste en vie. Et elle aussi, avec lui.

La lassitude, souvent. Mourir doit être si reposant. Mais après lui. Peut-être faudra-t-il qu'elle le tue, si elle n'a plus la force.

La force... Elle défaille parfois. Il n'y a jamais eu d'autre homme. Un garçon qu'elle aurait aimé, qui aurait ri et couru avec elle. Comme, de loin, lorsqu'elle revenait à travers prés en descendant de l'alpage, elle voyait courir Claire et Paul. Et pouvait même les entendre rire.

Un homme...

Il est revenu, Paul, il est arrivé hier au chalet. Il l'a remerciée d'avoir tout préparé, aéré. Il lui a demandé combien il lui devait pour le mois écoulé. Elle avait la gorge nouée, elle ne le regardait pas en face, elle regardait son bras nu, appuyé au chambranle de la porte, pas un bras de paysan, des muscles longs, la peau douce. Elle a dit rudement qu'on verrait plus tard, qu'elle n'avait pas calculé ses heures. Ni celles de Baptiste.

Elle retire sa main comme si elle se brûlait : c'est le bras de son frère qu'elle caresse !

Pourquoi a-t-il reparlé de la pierre ? La pierre grosse comme une tête d'enfant, tachée de sang dans ses mains crispées, quand elle l'a trouvé assis contre la margelle du puits, prostré, dodelinant et geignant. La pierre qu'elle a jetée derrière la grange, et c'est là que se tenait le père, ivre, égaré, appuyé à la paroi de planches. Lui aussi avait les mains tachées de sang, et même le visage, un semis de gouttes qui lui barrait la joue.

La mère était dans la maison, elle la voyait aller et venir derrière la fenêtre de la cuisine, c'était le 28 août, la Saint-Augustin.

Elle a conduit le père dans la grange et l'a aidé à se coucher dans le foin. Elle lui a enlevé sa veste. Il faisait déjà sombre, surtout à l'intérieur, mais elle voyait bien que le col et l'épaule aussi étaient tachés. Elle a tiré un seau d'eau du puits. Elle a lavé les mains de Baptiste, puis celles du père, et son visage. Il dormait déjà.

Elle est allée rechercher son frère. L'a pris dans ses bras, entouré, calmé. Entraîné dans la maison. Assise sur une chaise, la mère attendait. Devant elle, elle a frotté à l'eau froide les taches sur la veste, qu'elle a ensuite suspendue sur un dossier. La mère ne disait rien.

Plus tard, elle a ramené le père à la maison, en le portant presque. Elle avait vingt ans, elle était vigoureuse. Il titubait, il pesait terriblement lourd sur son épaule. La mère l'a rejoint dans la chambre, a fermé la porte.

Aline a veillé toute la nuit dans la maison silencieuse. Elle attendait, elle se refusait les pensées, elle montait la garde. Les gendarmes sont venus au matin, très tôt, ils étaient deux, un gradé déjà âgé et un jeune. La mère était levée, elle buvait le café qu'Aline avait fait passer et qu'elle tenait au chaud dans la grande cafetière au coin de la cuisinière. Ils ont refusé la tasse qu'elle leur a proposée, ils avaient d'autres maisons à voir, d'autres personnes à interroger, ils voulaient seulement savoir où était tout le monde, la veille.

La veille ? Quand ça ? L'après-midi, le soir ? Ils avaient travaillé tous les trois, le père, Baptiste et elle, à refaire la clôture du pré, celui du bas, pour y mettre le mulet. Jusqu'à… il était bien sept heures, oui, la mère les attendait, c'était la Saint-Augustin.

— Vous confirmez, madame ?

La mère avait levé les yeux de son bol, regardé les gendarmes de ses yeux ternes qui mettaient mal à l'aise. Oui, c'était bien comme Aline avait dit.

— Et pourquoi tout ça ? a demandé Aline.

— Il y a eu un accident. On cherche des témoins, a dit le plus âgé en refermant le carnet sur lequel il avait écrit ce qu'elles disaient.

Il n'en a pas dit plus. Ils ont salué et sont partis, elle les a accompagnés à la porte et, depuis le seuil, elle les a vus remonter dans le village et attendre derrière le portail de la ferme voisine qu'on fasse rentrer les chiens qui aboyaient furieusement après eux.

Elle s'est versé une tasse de café, et s'est assise en face de sa mère. Elles sont restées en silence, puis Aline a dit, en montrant les chambres du menton :

— Il serait temps qu'ils se lèvent, non ?

La mère a acquiescé, elle s'est levée et est partie réveiller le père.

Plus tard dans la journée, quand elle est allée chercher le pain, c'était un jeudi, le jour du boulanger, elle a su que c'était Claire qu'on avait trouvée, la nuit précédente. Tuée au bord du torrent, dans la petite gorge.

27

Derrière le 4 x 4, au bout du chemin, la petite voiture : la fille est revenue. Là-haut, la porte-fenêtre est grande ouverte sur la terrasse, et une étrange cascade descend le pré jusqu'à Baptiste. Il retient sa faux, écoute, les deux mains appuyées sur la poignée. Les notes se mêlent à la rumeur du torrent tout proche, tantôt luttent avec elle, tantôt l'épousent. Il a toujours aimé écouter le bruit de l'eau, la sentir couler en lui, fraîche et vivante, lorsqu'il reste de longues heures accroupi sur la rive.

Il a vu le piano, il l'a même porté. Lorsque les hommes sont venus avec le camion, qui a dû s'arrêter au bas du chemin, et qu'il a fallu le monter jusqu'au chalet, il les a aidés parce qu'il n'étaient que deux, et même à quatre, avec Paul et lui, ils ont eu bien du mal. Ils ont sorti le vieux piano droit sur la terrasse et le nouveau a pris sa place, bien plus grand, un animal très noir et brillant campé sur trois pattes. Paul a offert à boire à tout le monde, il a soulevé le couvercle du clavier et frappé une note. Leur verre à la main ils ont tous écouté comment elle flottait dans la pièce, ronde entre les parois de bois, et s'évanouissait sans hâte.

Les hommes sont repartis en emportant le vieux piano et là aussi il les a aidés, mais c'était beaucoup moins lourd et ils n'ont même pas eu à le poser en chemin.

Béatrice joue, la musique est joyeuse, un jeu d'enfant heureux. Elle s'arrête un instant, se tourne, rieuse, vers Paul :

— La musique de Chouchou. Ma mère la jouait pour moi.

— Chouchou ?

— C'était le nom de la petite fille de Debussy, le surnom plutôt, elle s'appelait Claude-Emma. Il a écrit cela pour elle, quand elle avait deux ans. *Children's Corner*, le coin des enfants.

Son sourire s'efface.

— Paul... Ce piano...

— Vous le trouvez bon ?

— Excellent. Parfait pour travailler. Mais, Paul...

— Ce n'est qu'un quart de queue. Ils m'ont même conseillé un « crapaud », mais le nom m'a rebuté !

— Paul...

— Il est japonais, vous avez vu ? Je ne pensais pas...

— Paul, il est parfait. Mais vous l'avez acheté pour moi ?

— Il y a longtemps que j'ai envie d'un piano. Je n'en joue pas, j'aurais aimé, je crois.

Un temps de silence.

— Oui, c'est pour vous.

— Pourquoi ?

— Pour vous entendre jouer, bien sûr.

— Vous pouviez aussi bien venir m'écouter à La Roque-d'Anthéron !

— J'y étais.

— Vous étiez... Et pourquoi n'êtes-vous pas venu me voir, après le concert ?

— J'étais... intimidé, je crois. Et puis, j'aurais dû vous en parler auparavant. Je me sentais clandestin. En situation illégale, en quelque sorte.

Elle s'est levée, marche dans la pièce, caresse le piano du dos de la main. Va à la porte-fenêtre. Sort sur la terrasse. Paul la suit. En bas du pré, près des saules, Baptiste s'est remis à faucher.

— Paul, il faut qu'on parle.

— Sans doute, soupire-t-il.

Dégager les rives du nant, sous les saules, a demandé Paul. « La petite plage », a-t-il dit et, comme il ne comprenait pas, Paul est venu lui montrer l'endroit, le coude de quelques mètres où le torrent a déposé un lit de graviers.

C'est une vasque profonde, deux mètres au moins, où l'eau se calme après les rapides et tourne doucement sur elle-même avant de reprendre son élan dans les cascades en aval. Du coin de l'œil, tandis qu'il se baisse pour ramasser la faucille qui attend dans l'herbe, avec la musette, il aperçoit Paul et Béatrice qui discutent sur la terrasse. Il en veut à l'homme, c'est sûrement lui qui a interrompu la musique. La musique, c'est comme l'eau, ça rentre à l'intérieur et ça sourit, ça s'empare doucement et ça calme. C'est comme Aline quand elle sourit. Mais l'homme a fait arrêter la musique.

L'eau inlassable. L'eau autour de ses chevilles. Plus haut, une centaine de mètres à peine, la tête du vieux Charles hochait doucement. Les cheveux de la fille, léchés par le courant. Le sang, des filets sombres qui se détachaient comme à regret et partaient au fil de l'eau.

Pas ôté les brodequins, l'eau entre dedans. Pas roulé le pantalon, les serpents de sang s'enroulent autour des jambes. Les pierres au fond de l'eau, tachées ?

Les mains, regarde tes mains ! La peau se rétracte, elle ne veut pas être touchée, même par les yeux, elle ne peut pas toujours se rétracter, la peau, alors elle disparaît, elle renonce, elle n'est plus là et ça gagne, ça monte aux bras, ça s'en fout si tout se déverse à mesure, le dedans dans le dehors, si tout rentre, le dehors dans le dedans, il faut empêcher ne plus bouger plus du tout ça ne suffit pas…

Aline pas là.

… Des idées, tu te fais des idées, les idées c'est dans la tête, mais non, déjà plus, c'est partout. La lumière a baissé d'un cran…

Aline pas là. Ne bouge plus.

Être mort, ça arrête.

Tout partout arrêter mort.

28

— Vous êtes venu à La Roque. M'écouter. Vous vouliez que je revienne ici. Ce piano… Il faut dire pourquoi.

Appuyée à la balustrade, elle parle aux aiguilles de glace, à leur dure blancheur immobile. À côté d'elle, les yeux dans l'herbe douce, il pense qu'il a peur et se demande pourquoi.

« Pourquoi » plane comme un aigle en quête de proie.

— Vous êtes venue !

— Parce que, justement, il y a… quelque chose à dire. Je ne suis pas Claire, Paul !

— Je le sais.

Il la regarde, profil découpé net sur la forêt.

— Claire ne jouait pas de piano, dit-il.

Il voudrait la voir sourire, elle ne sourit pas.

— C'est peut-être pourquoi, moi, j'en joue… Je me suis demandé, quelquefois. Je suis Béatrice, qui joue du piano pour sa mère, pour son père, pour tout enfermer dans la musique, moi avec eux et rien d'autre. Personne d'autre. Un jour…

Il attend.

— Un jour, j'ai passé une audition avec Perahia, à Pleyel. Il y donnait une masterclass, j'avais dix-sept ans. Il m'a écoutée, les yeux fermés comme il le faisait toujours, puis il m'a interrompue en posant sa main sur mon bras. C'est un homme incroyablement doux.

Elle s'interrompt, il attend. Il regarde son bras mince appuyé sur la rambarde de bois, il rêve une main qui s'y pose. Il ne bouge pas.

— Il m'a demandé : « Pourquoi tant de pédale forte ? » J'étais étonnée. Je n'en mettais pas plus que ne l'indiquait la partition. « Je sais, a-t-il dit, mais pourtant c'est trop. Écoutez. »

Elle lui a fait place sur la banquette, et il a joué le même passage et c'est là qu'elle s'est entendue. Parce que la musique qui naissait des doigts de Murray Perahia — c'était une fugue de Bach — courait pour elle seule, ne jouait qu'avec elle-même, détachée de tout ce qui n'était pas le bonheur exact de ses entrelacs. Il n'accentuait pas moins qu'elle, au contraire peut-être, et pourtant...

Il s'est arrêté au milieu d'une phrase, s'est poussé pour lui rendre sa place, et a prononcé le mot exact qui lui venait à elle, à ce moment-là, dans le silence laissé ouvert par la soudaine absence des notes : « Qui voulez-vous *assourdir* ? »

— C'étaient eux, dit-elle. Eux qui m'écoutaient, là !

Elle s'est tournée vers le chalet, elle regarde la porte-fenêtre où se tenait son père, l'intérieur sombre où sa mère reposait sur le grand canapé.

— Elle surtout.

— Un vide, dit-il.

Maintenant c'est lui qui parle aux glaciers.

— Un vide, au centre de tout. De moi. Je suis psychiatre, psychanalyste, j'écoute des hommes, des femmes, qui ont mal à l'intérieur, j'entrevois des contours, mais je ne sais pas vraiment de quoi. J'écoute. Ça se dessine un peu, je dis parfois comment, ça les aide. Peut-être simplement parce qu'ils ne sont pas seuls.

Des petits moments, de très petits moments, pas souvent, mais ça les aide. Eux, mais pas moi… ou alors si peu !

Un petit nuage s'accroche au sommet d'une aiguille. Des tessons de soleil tapissent le glacier de Tré-la-Tête, en haut, près du Col Infranchissable. Lointain écho : « Pourquoi, infranchissable ? »

— Un vide, du creux, oui. Je ne le savais même pas, ou plutôt… si ! je le savais, mais comme on sait sans savoir, comme quelque chose qui fait tellement partie de soi qu'on se dit que c'est… normal d'avoir mal, et d'ailleurs ça ne fait pas vraiment mal, ça dure, ça lancine, c'est tout. Ça fait partie de la nature humaine, de la sienne en tout cas, et depuis toujours. On trimballe ça partout, on n'y pense même pas.

En bas, sous les saules, la silhouette immobile de Baptiste. Béatrice le regarde sans le voir, c'est comme si les paroles de Paul venaient de là-bas.

— Je ne le savais pas, jusqu'à ce que je vous trouve ici. Là, quelque chose s'est passé, comme si ça pouvait se remplir, s'apaiser, « ça », là, au centre. Juste avant, on ne sait même pas que c'est là, et puis arrive quelque chose, quelqu'un, une silhouette, un visage, des yeux, rien que des yeux, peut-être, et on sait qu'on avait mal.

Béatrice regarde toujours Baptiste et elle dit non de la tête. Pas comme un refus, mais parce que ça ne sonne pas vraiment juste, ça ne va pas avec cette immobilité là-bas. Ça ne fait pas bouger les choses.

— Non ? dit-il maintenant après un silence.

Pourtant, il ne l'a pas regardée.

— Non, c'est vrai, ce n'est pas tout à fait exact de dire ça ainsi. La première fois, c'est quand Mathilde m'a dit, pour le chalet.

— Mathilde Régnier ?

— Vous la connaissez ?

— Quand j'étais petite, j'allais souvent chez eux, je jouais à la maman avec Gabriel. Ça fait partie des choses que j'avais oubliées, que j'ai retrouvées la première fois que je suis revenue ici.

— Elle m'a téléphoné pour acheter la ferme. Et elle m'a dit que le chalet était à vendre, et c'est là que ça a commencé. C'était un peu fou, cette idée : vivre ici ? Ou même, simplement, y venir souvent… Mais non, c'était bien y vivre, m'y retrouver. Comme une porte restée longtemps fermée, qui s'entrouvrait, et il fallait que j'aille voir.

À ce moment précis, ce qui plane au-dessus d'eux, au-dessus de la vallée et de chacun des humains qui la peuplent, pourrait prendre forme. N'en a peut-être jamais été si proche. Et Aline inquiète, toujours inquiète, sort sur le pas de sa porte pour écouter, elle ne sait pas quoi, et d'ailleurs tout fait silence.

— Ce n'est pas normal, dit Béatrice.

Elle montre le bas du pré, la silhouette près des saules.

— Depuis que nous parlons, il n'a pas bougé.

29

La vieille femme repousse avec effort le portail de tôle rouillée. Ça résiste, et ça grince. Il n'y a donc pas un homme pour venir un jour huiler les gonds ? Les hommes ne viennent jamais au cimetière, sauf pour la Toussaint.

Elle est seule. La fontaine, près de l'entrée, laisse couler un filet d'eau dans l'auge de pierre. À côté, de vieilles fleurs jetées là achèvent de pourrir. Quelques-unes, plus récentes, au sommet du tas : quelqu'un est venu il n'y a pas longtemps, Simone Chenut peut-être, qui descend de La Grave plusieurs fois par semaine ? C'est la plus assidue auprès de ses morts.

Elle ramasse une des vieilles boîtes de conserve qui traînent toujours là, munies d'un fil de fer en guise d'anse, l'emplit à la fontaine et se dirige vers la tombe de son homme. Le gravier crisse sous ses pas, c'est dérangeant. Le cantonnier a dû recharger les allées dans la semaine. Elle lui demandera s'il peut s'occuper du portail.

La dalle de pierre blanche semble encore neuve. Un an seulement.

Charles Émile Louis Potier, 1920-2003.

Au-dessous, la palme en métal déjà terni, sa croix de guerre, il y tenait. Et au-dessous encore, toute une plage vide, en attente de son nom à elle :

Antoinette Augustine Potier, née Malhaut, 1927- … Bientôt, peut-être.

Ça lui est égal, c'est étonnant comme ça lui est égal. Ça t'est vraiment égal, ou est-ce que tu n'y crois pas, vieille folle ? Elle se traite souvent de vieille folle, avec une sorte d'amitié souriante. Comme elle le traitait, lui, de vieux fou. Aujourd'hui encore, lorsqu'elle lui parle :

— À la pêche, à quatre-vingt-trois ans dans le torrent, vieux fou ! Tu as fini par gagner, hein !

Elle a mis un genou à terre, relève un pot de bruyère qui s'est couché sur la dalle, époussette de la main la terre répandue. Ses doigts effleurent l'inscription, elle les retire vivement. Les lettres sont gravées dans la pierre et peintes en noir, c'est net, ça se lit bien, mais ce creux… Pourquoi lui cause-t-il à chaque fois un malaise ? C'est normal, que ce soit ainsi, toutes les inscriptions, sur toutes les tombes, sont ainsi. Même les anciennes, celles où la peinture a disparu et où on lit difficilement les noms, il faut se pencher pour que la lumière dessine les caractères. Et les très, très vieilles, à l'entrée, face à la porte, où l'on devine seulement quelques lettres, une date incertaine. Ils ne devaient pas les peindre, à l'époque, d'ailleurs ce n'est pas gravé de la même façon, les creux sont en V, on devine le travail du burin.

Mais toujours des creux.

Tu as de drôles d'idées, parfois, vieille folle ! Tu préférerais que ce soit plat, que ça reste à la surface, que ce soit peint et c'est tout, la peinture, ça bouche, ça recouvre, on lirait et puis on s'en irait, on n'aurait pas envie d'y passer le doigt comme si on caressait la forme vide des absents, c'est comme ça qu'on les appelle, nos chers absents.

Dans le nant ! Je pouvais toujours t'attendre, avec la soupe qui était prête. Dans la petite gorge, coincé entre deux cailloux !

Souvent, elle revoit, elle revit ce soir-là. À croire que ça lui fait du bien de faire défiler les derniers instants où elle était en colère après lui parce qu'il ne revenait pas, à croire qu'elle pourrait faire qu'il en soit autrement, rien que d'y penser. Il serait rentré tard, simplement, comme tant de fois, et elle l'aurait disputé et il aurait ri en posant sa casquette, en pendant sa veste derrière la porte, il aurait sorti deux ou trois belles truites de sa musette et les aurait jetées sur la table et il aurait dit :

— Et ça ? T'es pas contente ? Allez, donne-moi un coup à boire !

Et elle maugrée encore un peu, mais elle serre les truites dans un torchon après les avoir examinées, et les emporte dans l'arrière-cuisine, où il fait plus frais, il voit comme ça qu'elle est quand même contente de lui, contente pour lui, elle peut continuer à grommeler en lui versant son verre de vin, il la regarde avec son petit œil qui rit, il lui pose une main au passage sur la cuisse et elle la lui claque vivement en le traitant de vieux fou.

Elle sort de sa rêverie. Le petit cimetière, autour d'elle, est toujours désert. Il est suspendu à flanc de coteau, il n'y a aucune maison en vue, seulement de l'autre côté de la route la petite chapelle en ruine désaffectée depuis longtemps. Dans le temps, un curé venait y dire la messe, le dimanche et quand il y avait un enterrement.

Il a glissé. Ça devait arriver, la petite gorge, c'est pas un endroit pour un vieux. Pour un jeune non plus, d'ailleurs. La petite Etcheverry, il y a... combien de temps maintenant ? Vingt-cinq ans, trente plutôt, la tombe doit être par là, près du mur, on n'a jamais compris pourquoi ils l'ont fait enterrer ici, ils n'étaient pas du pays pourtant. Elle y est toute seule, la pauvre petite, jamais personne de chez eux ne vient, même à la Toussaint, encore heureux qu'Aline nettoie la dalle de temps en temps. Et taille, une fois l'an, les quatre petits buis qui l'encadrent.

Charles disait qu'il avait vu Augustin et Baptiste dans ce coin-là, dans l'après-midi, Augustin pris de vin comme d'habitude, et Baptiste qui suivait à distance. Il n'a rien dit aux gendarmes, personne n'a rien dit. Ça ne nous regarde pas, c'est pas des gens du pays, les gendarmes non plus d'ailleurs, ni toute la clique qui a débarqué le lendemain. « Et moi, j'ai passé l'après-midi à la maison, tu entends ? » C'est ce qu'elle leur a dit, elle était d'accord. Quand même, on n'a jamais su…

Qu'est-ce qui se passe donc, au chalet ? Voilà le Paul qui revient au pays, et puis la petite qui ressemble tellement à sa sœur. Mathilde doit savoir, elle lui demandera à l'occasion.

Ça dérange, tout ça, les temps se bousculent, on ne sait plus où on en est. Ça n'est pas en ordre.

Elle se relève péniblement, les deux mains appuyées sur un genou. Reste un moment devant la dalle, les mains jointes sur le ventre, à regarder l'inscription. Récite une prière, toujours la même, et en même temps qu'elle marmonne, d'un œil aigu qui balaie tous les recoins, elle inspecte une dernière fois les lieux. Elle se signe, ramasse la boîte de conserve et redescend l'allée au milieu des tombes, en énonçant à mi-voix, pour chacune, pour la millième fois, les noms qu'elle connaît tous par cœur.

30

— Il est comme ça, de temps en temps.

— Je m'en souviens. Ça me faisait un peu peur, quand j'étais petite, Aline me rassurait et elle allait s'occuper de lui.

— Qu'est-ce que vous faites ? Ça ne sert à rien !

Elle a déjà descendu l'escalier de la terrasse et, sans se retourner, elle lève le bras, agite la main. Le dernier geste de Claire, avant qu'elle ne disparaisse au détour du torrent ! Son dernier signe de vie. Il a un mouvement de tout le corps, comme pour l'arrêter, se retient. Elle coupe à travers le pré, légère dans l'herbe haute, ralentit en arrivant près des saules, s'arrête au bord de la gravière.

Baptiste est debout dans l'eau qui lui monte à mi-jambes, la faucille pend, inutile, au bout de son bras. Les yeux perdus, pas de regard, même pas vers l'intérieur. Objet dressé plus que corps humain, une épaisseur, une densité inertes. Il pourrait être un arbre, ou même un rocher. L'eau qui se heurte à ses jambes le connaît depuis toujours.

Sa bouche est entrouverte, une sorte de plainte lointaine, rauque et douce à la fois s'en échappe, se tisse au bruit du torrent et cherche à s'y confondre. Elle écoute, une main appuyée au tronc du saule, saule elle-même dans la courbe de son corps et la retombée de l'épaule. Elle aussi.

Monologue solitaire de l'eau, modulé, chantant, toujours semblable. Mobile et immuable. Cascades de doubles croches au long de la portée.

Comme le murmure d'un ruisseau.

Solitaire, pas seule. Ils sont là, le violon, le violoncelle. C'est bien avec cela qu'elle a eu le plus de mal : être avec eux. Séparée, mais près d'eux. Reliée, mais distincte.

Elle sait qu'il se distingue à peine, lui, de la moire des remous. Elle lâche le tronc, s'avance sur la gravière, entre dans l'eau qui glace ses chevilles, s'arrête tout près de lui.

Là-haut, sur la terrasse, Paul s'inquiète brusquement, tend un bras inutile, le laisse retomber.

Elle est très proche, ne le touche pas, sait la frontière à ne pas franchir, la sent sur sa peau. Fait silence en elle, écoute. Partage son immobilité, rien que son immobilité.

Temps suspendu, où le silence s'épure jusqu'à sa perfection, avant qu'en un seul geste les touches accueillent les doigts et les cordes les archets et qu'éclate l'accord de l'attaque. Faire durer cet instant, noir absolument, annonce de naissance, attente de lumière. Au point ultime, la poitrine se soulève et s'emplit et les mains la suivent, la porte s'ouvre…

Il la regarde. Il est revenu dans ses yeux. La douleur dans ses yeux. Dans ce corps d'homme épais, la souffrance fragile, cristalline, le reproche étonné d'un enfant. Elle voudrait le prendre dans ses bras. Elle lui tend la main.

Ne fais pas ça ! crie silencieusement Paul.

Et Aline, depuis le chemin où elle s'est arrêtée quand elle les a aperçus, où elle reste immobile en attente violente et confuse : Ne fais pas ça !

Mais la main de Baptiste lâche la faucille comme si elle avait oublié qu'elle la tenait, et monte lentement, comme mue de sa vie propre, et accepte.

Il est sur l'herbe, les mains se sont lâchées tout de suite, c'est à peine si elles s'étaient jointes.

— Bonjour, Baptiste ! sourit Béatrice. Tu te souviens de moi ?

Il dit oui de la tête en regardant au sol.

— Béatrice, dit-il en relevant enfin les yeux. La petite Béatrice.

Puis il aperçoit Aline, qui se dirige maintenant vers eux et son regard se rassure, se confie déjà, il est très las.

Aline va jusqu'à l'eau, se penche pour récupérer la faucille, revient vers son frère, qu'elle entoure de son bras. Elle a un bref sourire pour Béatrice.

— Il est fatigué, dit-elle.

Béatrice les regarde s'éloigner. Les dos semblables, ils sont de même taille, leurs épaules s'étayent mutuellement.

Un instant encore, l'eau, le saule, l'écorce du saule sous la pulpe des doigts, l'odeur mouillée. Elle relève la tête. Paul là-haut, appuyé, immobile, à la rambarde.

Encore visible à travers les buissons qui bordent le chemin, tout en bas, la silhouette unique et double de Baptiste et d'Aline glisse lentement vers le bord droit du cadre, va disparaître. À mi-chemin du chalet, en contrebas légèrement à gauche, petite tache blanc et noir dans l'herbe que l'été commence à jaunir, Béatrice remonte le pré. En haut, très haut, proches et inaccessibles, les aiguilles de roche et de glace, jaillies d'une colère de géants.

Paul est au centre du tableau, à la convergence de toutes les lignes de fuite offertes à l'œil immense. Une lumière crue s'épand sur la scène immobile, elle sourd de la petite gorge tapie, muette, imminente menace, au cœur du fouillis d'arbres et de rocs où la mort a frappé par deux fois. Attente du troisième coup, encore retenu.

Danger. Tout pourrait se dissoudre, lui d'abord. Sentir. Respirer. Tu sens comme l'air s'est alourdi avec le soleil qui monte ? Tu vois ce bonnet de nuages, accroché aux aiguilles, coincé, épais, dans le col de la Cycle ? Signes d'orage.

Loin là-haut, hors cadre, Antoinette a tiré avec effort pour le refermer le portail grinçant du cimetière jusqu'à ce qu'il résonne, fer sur fer, bruit pour les morts, on les laisse seuls. Elle sent le souffle lui manquer dans sa poitrine de vieille folle et marmonne pour personne qu'il va y avoir de l'orage dans l'après-midi et que c'était bien la peine d'arroser !

31

— Paul ! Pour la mort de Claire… est-ce qu'on a soupçonné Baptiste ?

Depuis la fenêtre de la chambre où, penché à l'extérieur, il vérifie que les volets sont bien fixés, il vaut mieux avant l'orage, Paul surplombe Béatrice étendue dans une chaise longue. Une jambe repliée, les mains accrochées au genou, regard perdu. Qu'elle puisse ainsi parler, comme à la cantonade, certaine que lui seul l'entend, lui donne une étrange sensation d'intimité.

— On a soupçonné tout le monde, dit-il. Et personne, en fin de compte. Attendez, je redescends.

Il hésite un instant, entre dans sa chambre, prend le dossier sur la petite table près de la fenêtre. Il la rejoint sur la terrasse, tire une chaise longue auprès de la sienne.

— Je n'ai pas tout lu, mais tout se ressemble. Ce sont les procès-verbaux dressés par les gendarmes, le lendemain. Et les interrogatoires de la police judiciaire. C'est presque drôle.

— Drôle ?

— Ça n'est sans doute pas le mot adéquat, mais… Ça n'a étonné personne, semble-t-il : il n'y avait pas un seul des… attendez !

Il feuillette le dossier, cherche la liste des témoins.

— Voilà. Pas une seule des trente et une personnes interrogées, c'est-à-dire la totalité des habitants du hameau, qui se soit trouvée isolée, sans compagnie, cet après-midi-là ! Pas une. Tout le monde était en famille, à la maison où dehors, mais jamais seul.

— Et... ce n'est pas possible ?

— C'est invraisemblable ! Je prendrais bien le pari, si l'on pouvait vérifier maintenant, qu'à aucun moment on ne trouverait une situation identique !

— Trente et une personnes ici ?

— Plus aujourd'hui, ça s'est dépeuplé. Il y a dix-sept habitants aux Anglettes, en me comptant. Et dix-huit avec vous.

Elle sourit à peine.

— Que disent-ils, concernant Baptiste ?

— Il était avec son père et Aline, tous les trois réparaient la clôture du pré juste au-dessous de la maison, la mère les voyait depuis sa fenêtre. C'est Aline qui a témoigné, sa mère a confirmé.

— Et le père ?

— Il n'est pas mentionné dans le rapport de gendarmerie. Seulement dans le dossier d'instruction. Attendez... le voilà. Augustin Sandoz... 11 septembre 1976... le témoin est confus, peut-être en état d'ébriété... semble confirmer ses déclarations antérieures...

— Quelles déclarations antérieures ? Vous disiez qu'il n'y a rien dans le rapport des gendarmes !

— Je sais... Il y a une liste de sept noms, dont le sien, avec la mention « Devront être réentendus ».

— Et ?

— Six nouvelles dépositions, une semaine plus tard. Pas lui : décédé le 14 septembre 1976.

— Décédé ? Comment ?

— Il n'y a rien là-dessus dans le dossier. Mais tout le monde le sait : il s'est pendu dans sa grange. La mère est morte un an plus tard, Aline et Baptiste sont restés seuls. Baptiste avait... dix-sept, dix-huit ans peut-être, il a un an de plus que moi. Aline était majeure, on lui a confié à sa demande la tutelle légale de son frère.

Ils se taisent et, comme appelé par leur silence, un brusque coup d'estompe balaie le flanc de la montagne. Couleurs disparues, un gris froid. Paul montre les nuages qui se sont accumulés et masquent le soleil.

— On ne voit plus le Bonhomme. Un orage d'est, ça va venir très vite. Nous ferions mieux de rentrer.

Il referme le dossier, tous deux traînent leurs chaises longues à l'abri de l'auvent. Béatrice reste un instant sur le seuil de la porte-fenêtre, tournée vers les nuages qui foisonnent à l'assaut des montagnes, culminent très haut, très blancs à leur sommet et déjà creusés d'encre noire dans leurs profondeurs. Un éclair, puis un autre, incendient brièvement des grottes sombres.

— On peut laisser ouvert ?

— Pour l'instant, oui. Mais dans un moment...

Elle le rejoint à l'intérieur. Il s'est assis sur le canapé, a rouvert le dossier, qu'il parcourt.

— Qu'est-ce qui vous fait sourire, là-dedans ?

Il montre le feuillet qu'il est en train de lire :

— Mon père, dit-il. Déjà, en temps normal, il ne supportait pas les gendarmes, mais là, ils lui faisaient répéter plusieurs fois les mêmes choses, ça le mettait en colère. Voilà ce que ça donne.

Alléguant qu'il a déjà répondu à nos questions, M. Denonne Alexis nous intime l'ordre de sortir de sa maison. Nous nous reti-

rons pour éviter l'incident, tout en le prévenant qu'il pourrait faire l'objet d'une inculpation pour outrage à agents de la force publique dans l'exercice de leurs fonctions.

Elle le regarde. Il sourit. Il y a quelque chose de fragile en lui, qui pourrait pleurer.

— Et vous ?

— Oh ! Je n'étais pas bavard, semble-t-il.

Le jeune Denonne Paul affirme avoir quitté la victime au niveau du pont aux alentours de dix-huit heures et l'avoir vue descendre le lit du torrent. Il a alors rejoint son père, qui confirme les faits et l'heure. Interrogé sur ses rapports avec la victime, Denonne Paul les qualifie de « très amicaux ». Une tentative pour lui faire préciser le sens qu'il donne à ce terme s'est heurtée au mutisme de l'intéressé et à la colère de son père.

Il pose le feuillet sur la table.

— J'ai été entendu de nouveau, je m'en souviens, une ou deux semaines plus tard par la police judiciaire de Lyon, dans le cadre de l'instruction. Je commençais mon PCB. J'ai cherché : ça manque dans le dossier. Je n'ai pas dû leur dire grand-chose de plus !

Il fait subitement encore plus sombre, un coup de vent enveloppe le chalet. Paul se lève et va fermer la porte-fenêtre.

— Ça y est ! L'orage est sur nous.

La lueur bleue d'un éclair fige le paysage. Quelques secondes, puis le noir, absolu. Paul compte mentalement. Le tonnerre déferle jusque dans leurs ventres.

— C'est dans la forêt, trois ou quatre kilomètres. Vous n'avez pas peur ?

— Pas vraiment… peut-être un peu. Quand j'étais petite, ici

justement, je me réfugiais contre mon père. Je crois que je trouvais cela… exaltant.

— D'être contre votre père ?

Elle rit. Il aime son rire.

— Peut-être, au fond… Non : mais cette force dehors, tellement plus grande que nous !

— Moi aussi, dit Paul. J'étais toujours étonné, quand l'orage s'éloignait, qu'il nous ait épargné.

Bleu-vert intense, dehors comme dedans, jusqu'aux moindres recoins de la pièce. Immédiat, un énorme coup de poing, asséné sans retenue, définitif. Qui ébranle la poitrine.

— Celui-là est tombé tout près, dit Paul. Sur un arbre, probablement.

Tous deux ont la même image en tête : elle vient se blottir contre lui, elle ferme les yeux, il l'entoure de ses bras.

Ils ne bougent pas.

D'autres éclairs, déjà plus lointains. L'orage s'éloigne. D'énormes gouttes s'écrasent sur la terrasse, espacées d'abord, puis très vite en déluge. Il fait plus froid. Paul se lève, va à la cheminée, craque une allumette. Il regarde un instant la flamme qui monte très vite dans le petit bois sec déjà disposé sur les chenets.

Puis il va à la porte-fenêtre. Dehors, l'obscurité liquide, le bruit lourd de la pluie.

32

Antoinette resserre plus étroitement son châle sur ses épaules. On est tout juste début août, dans le temps les orages n'arrivaient pas avant la Sainte-Marie, maintenant tout est détraqué, c'est à peine s'il y a de la neige pour Noël et il fait froid en plein été.

— Tu dis toujours la même chose, vieille folle ! dit Charles dans l'obscurité. Mets-nous plutôt la télé. Et allume donc la lumière !

Elle hausse les épaules. Il le fait exprès. Il sait bien qu'elle débranche le poste, prise et antenne, quand il y a de l'orage. Et qu'elle préfère rester dans le noir. La foudre, ça rentre par les fils, tout le monde sait ça. Chez la Simone, à La Grave, la télé a explosé l'an dernier. Il y a même une boule de feu qui est sortie du poste et s'est promenée dans la pièce avant de ressortir par la fenêtre en brisant la vitre, enfin ça, c'est moins sûr, chaque fois que la Simone raconte son histoire elle en rajoute un peu, mais la télé explosée et le début d'incendie autour, c'est vrai, elle a vu elle-même les dégâts. C'est resté tel quel pendant au moins huit jours, le temps que l'assurance constate, et Simone faisait visiter à tout le monde.

— Tais-toi donc ! lance-t-elle au coin d'ombre, au bout de la table, où trône le fauteuil vide. Je fais ce que je veux, ça serait malheureux tout de même !

Elle se lève péniblement, fait glisser le disque de fonte noire de la cuisinière, tisonne pour faire tomber la cendre, et se baisse pour prendre une bûche dans le panier à bois. Les reins douloureux. Il ricane :

— Qu'est-ce que tu crois ? Soixante-dix-sept ans, tu n'es plus une jeunesse !

— Tu en as sept de plus que moi, ça te va bien de faire le fier !

Il en a… il en avait sept de plus. Maintenant, comment dire ? Maintenant, elle le rattrape doucement. On sera bientôt pareils, vieux fou !

Tant qu'à être debout, elle va à la porte. La veste de droguet et la casquette de Charles y sont toujours accrochées, sa main caresse machinalement le drap rugueux au passage. Elle ouvre à demi la porte. Une main sur le chambranle, l'autre retenant le battant, elle hume tout autant qu'elle regarde, le temps ça se sent avec le nez, avec la peau, bien mieux que ça ne se voit. La pluie s'est installée maintenant, drue, régulière, ça ne s'arrêtera pas avant la nuit. Ma foi, ça fait du bien à l'herbe, ça jaunissait un peu partout.

Mais c'était bien la peine d'arroser au cimetière !

On distingue à peine les toits des premières maisons. La sienne est tout en haut du village, presque adossée à la forêt. La fumée qui peine à monter, juste au-dessous, c'est chez les Régnier. La ferme est à eux maintenant, ils sont heureux, surtout Mathilde, elle ne rêvait que de ça. Ils l'ont bien mérité, ma foi…

Elle a allumé sa cheminée, Mathilde. Ils ont pourtant fait mettre le chauffage. Ici aussi, d'ailleurs, elle n'y pense jamais, mais Charles avait voulu installer des radiateurs électriques. Elle ne s'en sert pas, la cuisinière suffit bien à chauffer la pièce et l'alcôve, au fond, où elle a son lit.

Et puis, quand il fait mauvais dehors, le feu, ça tient compagnie, on l'entend craquer, il faut s'en occuper. Ça dit le temps qu'il fait, aussi, ça tire bien ou ça fume, temps vif, temps mou. Bien sûr, ça, on le sait rien qu'en mettant le nez dehors, comme elle le fait maintenant, mais ça ne fait rien, ça confirme.

Elle va pour refermer la porte, pas la peine de prendre froid, quand surgit Aline. Elle ne l'a pas vue arriver, la route longe la maison sur son flanc droit, en contrebas, invisible depuis la porte. Aline trempée, un fichu sur la tête, les vêtements collés au corps. Les yeux durs, inquiets, un peu fous.

— Tu m'as fait peur. Entre donc. Dans quel état !

— Je ne m'arrête pas, dit Aline.

Mais elle entre et Antoinette referme la porte derrière elle.

— Tu cherches encore après ton Baptiste, je parie. Viens donc te sécher un peu.

— Tu ne l'aurais pas vu passer ? Il est parti dans l'orage, j'étais au-dessus, pour la fuite du toit, à mettre des planches, il m'a échappé.

— Ma pauvre petite ! Tu en parles comme si c'était un gosse. Viens donc près du feu, et enlève-moi ça, tu vas prendre mal.

Aline dénoue son fichu et passe ses mains dans ses cheveux trempés. Elle a les yeux ailleurs. Un grand corps musculeux, tendu, qui tremble un peu par moments. Un cheval inquiet, pense Antoinette.

— Remarque, je te comprends, mais quand même. Il a combien ? Presque cinquante, non ?

— Quarante-six!

— Bon, c'est pareil. Tu ne peux pas toujours être derrière lui. Qu'est-ce que tu veux qu'il lui arrive ?

— Je ne sais pas, dit Aline.

Sa voix est lasse. Debout devant la cuisinière, elle a laissé retomber ses bras le long de son corps. Antoinette va chercher une casserole, qu'elle pose sur le feu, y verse une demi-bouteille de vin et y jette une poignée de morceaux de sucre, et quelques herbes qu'elle détache d'un bouquet séché qui pend au mur. Puis elle tire une chaise pour Aline, dos à la cuisinière, pose deux bols sur la toile cirée :

— Assieds-toi donc. Je nous fais du vin chaud.

D'un côté l'inquiétude, qui tire Aline et lui fait regarder la porte comme si elle pouvait voir au travers, de l'autre, pesant vers le bas, la fatigue. Il ne faut pas grand-chose, la main d'Antoinette sur son épaule, elle s'assoit. Fixe ses grandes mains inutiles, tombées de part et d'autre du bol.

Antoinette remue le vin avec une cuillère en bois, pendant un long moment c'est le seul bruit dans la pièce, avec celui de la pluie au-dehors. Elle regarde le dos, les épaules larges, arrondis de lassitude. Une drôle de vie, celle de ces deux-là. On fait des enfants, on ne peut pas se douter de ce que ça deviendra. Nous, on n'en a pas eu, Charles regrettait mais c'était comme ça. C'est peut-être mieux, en fin de compte.

— Ta mère et moi on aimait ça, le vin chaud, ta grand-mère nous en faisait quand on revenait de l'école en hiver. C'est elle qui m'a appris les herbes à mettre dedans.

— Ma grand-mère… Je ne me souviens pas d'elle.

— C'est normal, tu étais toute petite quand elle est morte. C'était une force, comme toi, bâtie comme un homme, gentille comme tout. Ta mère était toute fluette à côté.

— Comment elle est morte ?

— La grand-mère ? On l'a trouvée raide dans la neige, un Noël. Un arrêt cardiaque, une belle mort ! J'aimerais bien pareil pour moi ! Voilà, c'est prêt.

Elle remplit les deux bols, repose la casserole sur la cuisinière et vient s'asseoir en face d'Aline.

— Bois pendant que c'est bien chaud. Allez, va ! Baptiste, il reviendra tout seul, il revient toujours, non ?

— Je ne sais pas. Ce n'est plus pareil, depuis…

— Depuis que le Paul habite le chalet ?

— Oui. Et Béatrice, surtout, qui est là. Elle n'y est pour rien, la pauvre petite, mais… je sens bien que ça le déboussole.

— Tu le sais bien, pourquoi !

Aline boit une gorgée de vin chaud. Fixe son bol.

— Et pourquoi tu le cherches par ici, ton Baptiste ? Tu dois bien te douter d'où il est, non ?

Aline ne répond pas. Antoinette se penche en avant et pose ses mains sur les siennes. Juste posées, légères et chaudes.

— C'est égal. Je suis contente que tu sois venue. Des fois, j'en ai assez d'être toute seule.

33

La pluie s'est installée, calme maintenant, régulière. La nuit est venue sans qu'on s'en aperçoive. Le feu chuinte doucement. Étrange intimité, hors du temps. Béatrice pose sur le canapé le livre qu'elle tient depuis un moment sans le lire, et va s'asseoir au piano. Découvre le clavier, frappe une touche, puis une autre. Le Yamaha est un peu dur sous les doigts, les notes sont sèches, presque métalliques, à peine surgies elles disparaissent instantanément. Elle se lève, soulève le grand couvercle et redresse la béquille qui le maintient entrouvert. Revient s'asseoir et frappe les mêmes touches, et Paul s'étonne d'entendre distinctement vibrer les cordes.

Les notes appellent d'elles-mêmes d'autres notes dans la mémoire des mains. Béatrice les retient un instant, suspendues au-dessus du clavier, puis les laisse aller, soudain libres et rapides, et une curieuse musique court dans la pièce, une farandole qui tressaute, ironique, et que vient assombrir, sans pour autant la freiner, un rien de tristesse. Des arlequins, un carnaval peut-être, ou un bal, des visages blancs sous les masques…

— Je connais cette musique, dit Paul quand les doigts de Béatrice s'échappent du clavier, comme brutalement repoussés par la dernière note.

— Le souvenir d'un film, sans doute. C'est une « valse de cirque » de Nino Rota. Il l'avait donnée à Fellini. Vous vous rappelez l'oiseau mécanique, le fétiche de Casanova ?

— Oui, peut-être, c'est très loin... Mais la musique m'est restée, bien plus que les images. Pourquoi ?

— De la même façon qu'elle reste dans mes mains, qu'elle en coule toute seule : parce que la musique, ce n'est pas un objet qu'on garde en mémoire et dont le souvenir s'use, s'efface, la musique, c'est... la mémoire elle-même !

Elle sourit :

— Mais quand même ! J'ai beaucoup travaillé Nino Rota. Si je devais un jour donner un récital, en soliste, c'est lui que je jouerais, et Bach.

— C'est très différent, non ? Pourquoi riez-vous ?

— Parce que vous venez d'entendre Bach !

— Je ne comprends pas.

— Bien sûr ! Rota était un fou génial. Savez-vous le titre qu'il donne à cette valse ? Ainsi qu'à plusieurs autres variations, d'ailleurs ? *Valse sur le nom de Bach* ! B.A.C.H., la notation allemande, *si* bémol, *la*, *do*, *si*. C'est le thème central, repris, infiltré sans cesse. Quand je joue cela, j'entends, je vois le nom de Bach, je le salue, mes doigts... dessinent son visage. J'allais dire qu'ils le caressent ! N'est-ce pas fantastique ?

— Je vous... j'aime comme vous parlez de la musique.

Elle se lève, marche jusqu'à la fenêtre, regarde la nuit.

— Vous aimez un fantôme, Paul. Je ne suis pas Claire.

Il proteste :

— J'en suis parfaitement conscient !

— Peut-être pas. Savez-vous pourquoi je suis revenue ici ? Moi aussi, je la cherche.

— Claire ? Que vous n'avez pas connue ?

— Je crois, oui. Je ne le savais pas avant de venir. Avant de sentir son absence dans vos paroles, vos gestes, dans ces lieux, cette maison. Et dehors, aussi, partout. J'ai retrouvé quelque chose qui restait comme en suspens en moi, qu'il fallait que j'affronte. C'est pour cela que je suis revenue.

— Béatrice…

Elle marche maintenant dans la pièce, s'arrête devant le feu.

— Ma mère me regardait. Mon père me regardait. Ils m'aimaient. Dans leurs yeux, c'était la même absence. J'étais cette absence. Elle creusait un vide en moi. Je crois que c'est pour cela que j'ai fait de la musique : pour combler cela, dans le regard de ma mère. Dans moi. Maintenant je le sais.

Elle se tourne vers lui.

— Vous êtes seul, Paul. Que s'est-il passé ?

— Vous voulez dire…

— Oui. Avec Laurence. C'est bien le nom que vous m'avez dit, l'autre jour ?

— Ce qui s'est passé ? Je n'en sais rien, je n'ai pas compris.

— Avez-vous cherché ?

— Bien sûr !

Il s'est levé, il marche dans la pièce. Pourquoi ces questions ? Ne peut-elle se laisser aimer, simplement ? Mets cela au pluriel : ne peuvent-elles se laisser aimer, simplement ? Parce que tu l'as déjà prononcée, tu l'as déjà entendue, cette phrase. Dans l'appartement vide, à Paris. Et auparavant.

Elle est assise sur la banquette du piano, le dos appuyé au clavier, une jambe repliée sous elle, les mains autour de son genou, elle le regarde, elle est attentive, elle est belle, tu voulais quoi ?

— Non, dit-il, parce qu'il a commencé à parler, presque malgré lui, non je n'ai pas compris et je n'ai pas vraiment cherché. Si nous avions eu l'enfant, peut-être, ç'aurait été différent. Mais cette raison-là, l'enfant, c'est une impasse, une pensée cul-de-sac, à chaque fois elle revient, et tout s'arrête.

Va plus loin, demande-toi, demande à cette jeune femme, puisqu'elle t'écoute, mais bien sûr si tu lui parles, à mesure que tu lui parles, tu la perds, ce n'est pas cela que tu voulais… que tu veux encore ? Tu perds quoi ? Ces images que tu as caressées, la nuit, tandis qu'elle dormait dans la chambre à côté et que tu pouvais presque entendre son souffle à travers la cloison de bois, tes lèvres sur ce cerne léger sous ses yeux, là où la peau est encore plus douce, tes mains sur ses épaules, son dos, ses seins menus… c'est à peine si tu osais penser jusque-là. Pourquoi la peur ?

— J'étais tout à son service, dit-il. Il me semblait que je ne cherchais qu'une chose : qu'elle soit heureuse. Qu'elle ait ce qu'elle désirait, qu'elle puisse faire ce qu'elle voulait vraiment, mais je ne savais pas quoi, elle non plus peut-être, d'ailleurs. C'était un terrible malentendu, parce que ce qu'elle m'a reproché, ce qu'elle m'a jeté quand elle est partie, c'est que je l'utilisais, que je me servais d'elle et que je l'étouffais, que je ne la voyais pas vraiment. Je n'ai pas compris. Mais j'avais déjà entendu cela, presque les mêmes mots, d'une autre femme avant elle. Il y a quelque chose en moi, sans doute, qui… fait défaut. Oui, c'est peut-être Claire. Ou alors… je ne sais pas.

Il pose une bûche sur le feu, regarde les flammèches bleues qui l'enveloppent très vite.

— Béatrice…

— Oui ?

— Vous avez aimé quelqu'un, vous ?

— Je vous ai parlé de lui. Léonard, l'homme que j'ai remplacé au piano.

— C'est vrai. Un homme inaccessible, vous me l'avez dit. Et qui va mourir. Vous l'avez aimé…

— Il est mort, dit-elle. Peu de temps après que je suis remontée à Paris.

Elle rêve, un long moment. Écoute les mots qu'elle a prononcés : « Il est mort. » Comme si elle les entendait pour la première fois. S'étonne d'être en paix.

— C'est pour lui que j'ai joué, que nous avons joué, à La Roque-d'Anthéron.

Il sait maintenant pourquoi il est parti si vite, si solitaire, ce jour-là.

Un peu plus tard, tendrement, comme on parle à un enfant :

— Paul ! Je partirai demain.

Il savait qu'elle allait dire cela.

34

— Reste donc encore un peu, dit Antoinette. De toute façon, tu sais bien où il est ! À rôder près du chalet. Ou bien un peu plus haut, à la petite gorge. Il ne fait rien de mal. Et toi, tu vas encore te tremper. Pour rien.

Aline lisse du plat de la main son foulard, qu'elle a étalé sur la toile cirée.

— C'est à lui qu'il peut arriver quelque chose. La petite gorge, c'est pas un endroit. Pas un bon endroit. Tu es bien placée pour le savoir !

— Charles était vieux, lui. Un vieux fou ! Ça devait arriver un jour. Et puis…

Antoinette lisse, elle aussi, machinalement, le foulard d'Aline. Une sorte de territoire commun, entre elles, où errent les vieilles mains sèches et tavelées, les grandes mains fortes.

— Et puis, c'est peut-être mieux, qu'il soit mort comme ça, à la pêche, heureux. Plutôt que malade.

Un temps de silence, et elle ajoute, en souriant :

— Mais des fois, je le dispute un peu, parce qu'il m'a laissée toute seule !

Sur sa main qui s'est immobilisée, Aline pose doucement les doigts, l'effleurant à peine.

Puis les retire.

— Pourquoi tu as dit qu'il ne faisait rien de mal ?

— Tu le sais bien.

— Baptiste… n'a jamais rien fait de mal !

C'est maintenant la vieille main d'Antoinette qui s'est posée sur celle d'Aline, qu'elle sent tendue, crispée, qu'elle immobilise et qu'elle calme.

— Je sais, Aline.

— Tu sais quoi ?

Elle hésite un instant, puis se décide. Presque trente ans, quand même !

— Il n'était pas tout seul, là-bas !

— Comment…

— Charles les a vus, qui sortaient de la gorge. Ton père d'abord. Baptiste qui suivait.

— Il n'a rien dit. Aux gendarmes, il n'a rien dit.

— Toi non plus !

— Moi… ce n'est pas pareil.

— Charles disait que ça ne nous regardait pas. Et puis, qu'il n'était pas sûr, après tout il les avait juste vus rentrer chez vous. Et puis, que les gendarmes étaient fichus de le soupçonner, lui aussi.

Elle sourit.

— Il disait plein de choses en même temps, le vieux fou !

La maison noyée dans la pluie, comme un navire encalminé. Deux femmes sous la lampe. Le silence autour. Les montagnes, invisibles, pesantes, noires dans la nuit noire.

— Charles pensait que c'était ton père, que ça se voyait qu'il était saoul. Et comme fou. Mais il n'était pas sûr. On en a parlé tard, cette nuit-là. Moi, je ne savais pas quoi lui dire. Il a décidé de se taire. Simplement…

Aline relève la tête, la fixe de ses yeux durs, tristes, fatigués, trop fatigués.

— Simplement quoi ?

— Oh ! Charles disait qu'il ne pouvait pas le regarder, quand il le rencontrait. Une fois, en fait, une seule fois, c'était une dizaine de jours plus tard, ils se sont trouvés face à face, sur le pont qui mène en forêt, là-haut. Ton père descendait des affouages. Je ne pouvais pas lever les yeux, qu'il disait, Charles. Il avait peur que ton père y voie ce qu'il pensait. Ça l'a travaillé, il m'en a parlé le soir. Tiens, c'était un jour d'orage, comme aujourd'hui, je m'en souviens.

— C'est ce soir-là que le père…

— Je sais !

Aline veut quand même finir sa phrase.

— Ce soir-là qu'il s'est pendu.

Elle a un peu forcé sur le mot, qui reste là, qu'elle regarde comme elle regardait le visage de son père tourner lentement dans la grange. Comme Baptiste le regardait, lui aussi.

— Tu ne crois pas qu'il faudrait quand même… ?

— Laisse, Aline. Tu en as assez fait. Trente ans que ça dure. Vous n'en pouvez plus, Baptiste et toi. Vous n'y pouvez rien. Tu n'y peux rien. Tiens, je vais nous refaire du vin chaud.

— Quand même…

— Quand même quoi ? Il y a des choses… il faut bien qu'elles finissent un jour. Surtout quand elles sont mortes depuis longtemps.

— Je ne te comprends pas, qu'est-ce que tu dis ?

— Mais si, tu comprends. D'ailleurs… pourquoi es-tu venue ici, plutôt que directement là où tu sais bien que tu le trouveras ?

— J'avais besoin. J'ai commencé par aller là-bas, et puis en chemin… j'étais trop fatiguée.

— Tu vois bien. Reste avec moi, va. On va se tenir compagnie.

— Mais qu'est-ce que je vais devenir ?

— Tu vas vieillir, comme moi. Ça va vite, tu sais.

35

La drôle de musique s'est arrêtée, très brusquement. Il est resté encore longtemps accroupi dans l'herbe, espérant que les serpentins reviendraient flotter dans la douceur de la pluie, mais il n'y avait plus que la tache jaune, chaude et muette des fenêtres dans la nuit. Alors il s'est relevé et il est parti, glissant obliquement le long des pans d'ombre humide en direction du torrent dont, à mesure qu'il s'en approche, s'enfle le grondement.

Quand il arrive aux rochers, il reçoit sur le visage le souffle froid et puissant des eaux que l'orage a grossies et chargées de limon. Il ne les voit pas, elles ne sont qu'une force sauvage, un roulement de ténèbres, pourtant il en sait l'épaisseur ocre, le poids de terre et d'eau mêlées, la chute ininterrompue. Un choc sourd, lourd, sans répit ni relâche.

Il connaît le moindre rocher, et grimpe sans s'arrêter le long du nant. Il doit monter plus haut lorsqu'il arrive à la gorge, jusqu'au-dessus de l'éboulis que le torrent arrache à la forêt, car l'eau a envahi toute la faille, et le trottoir, ce chemin de dalles glissantes qu'empruntent les pêcheurs, a disparu. L'herbe et la terre lui cèdent parfois sous le pied et une motte va se perdre dans le fracas, mais sa main croche dans un buisson, une racine, et il poursuit sans discontinuer son ascension.

Il retrouve enfin le tronc de pin qu'il connaît bien, son bras l'enlace et il se laisse glisser jusqu'à terre, sans le lâcher. C'est là qu'il vient toujours s'asseoir, la joue collée à l'écorce rude, l'écorce amie, odorante, fidèle. Là que demeurent, au fond invisible de la gorge que ses yeux ne quittent pas, les images qui torturent sa mémoire, arrêtent le temps et les pensées.

Là se trouve le profond sillon creusé dans le roc comme en lui, c'est là qu'il vient lorsque l'angoisse grise menace de l'emporter et qu'il sait qu'il ne pourra l'immobiliser en mourant debout. Là, il devient tout entier rocher blanchi, torsades vives, odeurs d'herbes et de pins, il n'a plus à lutter pour se rassembler, tenir drapée autour de lui sa peau qui s'effiloche en lambeaux, garder en lui ce vague noyau dur d'os et de muscles qui s'obstine à durer.

Là, il laisse entrer la rumeur de l'eau et du vent, la vie furtive des petits animaux. Ses yeux, ses narines, ses oreilles, sa bouche même sont grands ouverts et l'air circule, frais et léger. Et le courant insouciant emporte les images, au fil des cascades. La rivière lave, la rivière n'a pas de mémoire. Là, s'il demeure, s'il attend et se livre, peut se trouver la paix, enfin.

Mais maintenant elles sont là, les images, trop vives, trop nettes, elles renaissent, déjà incandescentes dans la nuit de plomb. Il savait qu'il faudrait bien les affronter, qu'elles ne disparaîtraient plus comme si souvent, au fil de toutes ces années de survie, au fil de l'eau. Il l'a su sans le moindre doute quand la musique s'est arrêtée, d'un coup, Béatrice va repartir, la musique l'a dit, elle n'est venue que pour ça, ranimer une dernière fois la silhouette blanche, la silhouette douce et vive, le rire d'une jeune fille, et loin derrière celui d'un petit enfant.

Si gracieuse dans sa robe de coton blanc, elle descend, légère, comme aérienne, le long du torrent. Saute de pierre en pierre.

Chante peut-être ? S'arrête et s'étonne quand le père se lève du creux où il laisse fraîchir sa bouteille et s'avance, le pas lourd, incertain, le visage si rouge que déjà le sang est là. Le sang épais mêlé de vin, le sang qui ne connaît pas la clarté, le sang qui cherche du sang.

Lutte lente, vacillante, muette. Mufle obstiné, lèvres obscènes lâchant une énorme, une indistincte rumeur, peut-être la bouche veut-elle parler, peut-être voudrait-elle dire son nom ? Ne le peut pas. Mains lourdes, qui voudraient rassurer et s'apaiser sur la peau blanche mais ne savent pas, n'ont jamais su. Mains battoirs, cognées de bûcheron ivre abattant fracassant les bras frêles vainement tendus, les bras qui ne comprennent pas...

Et d'un coup, surgi du tissu arraché, le corps gracile, très blanc, lumineux. Fragile. Éblouissant.

La bouche béante de Baptiste crie, les bras de Baptiste s'abattent dans le vide et ses mains montent aux seins menus, pour les saisir, pour les protéger. Distance abolie il est là-bas, corps secoué poitrine et ventre et épaules, muscles spasmés il prend, il fuit, il implore, il arrache. Le sang qui a jailli sous la pierre qui s'acharne est le sien, et ce corps abattu sur la dalle est le sien, et aussi le bras qui se lève, qui s'abat, qui se lève, qui s'abat...

Comment est-il descendu ? Qui l'a poussé d'un coup dans la pente et à travers le torrent, ses bras ramant l'air, puis l'eau ? Perdant pied, marchant quand même. Surgissant devant le père qui lève des yeux vides, l'implorant mains tendues vers lui pardessus le corps fracassé.

Dans ses paumes suppliantes le père dépose la pierre comme un très lourd cadeau. Se relève. S'en va, très droit maintenant. Et Baptiste ruisselant sort de l'eau en tenant la pierre à bout de bras. Le sang est sur la pierre, sur ses mains, sur le corps si blanc, coulant en nappe de la tête suppliciée, s'épandant sur la dalle, gagnant l'eau qui l'entraîne en longs filaments, le sang est partout, tant de sang partout, le sang ne devrait pas sortir…

Et Baptiste suit le père et lui tend la pierre, mais jamais il ne le rejoint et il devra la garder. Jusqu'à ce qu'Aline surgie il ne sait d'où l'entoure de ses bras et la lui retire, doucement.

Dans la pente sans même le savoir il glisse comme ce jour-là. Il s'abat lentement comme descend un oiseau. Une très longue chute.

Retrouver Aline. L'eau furieuse l'accueille, elle a la douceur des bras, des seins d'Aline. L'eau glacée a la tiédeur du corps d'Aline, et sa force aussi. L'emporte, le berce.

La tête du vieux Charles semblait si paisible à la fin, quand l'eau la caressait !

36

Le soleil vient d'accrocher les cimes et maintenant descend très vite, inondant presque instantanément des pans entiers de glace, brûlant les contours des aiguilles. Plus bas, la forêt attend, encore sombre. Paul remonte le pré. Encore deux cartons de livres, et tout sera casé dans la petite voiture.

Elle veut partir très tôt. Elle a promis de revenir, fin août peut-être, elle ne sait pas encore. Elle a joué, hier soir, la nuit était calme, elle y a dressé des architectures inconnues de Paul. Puis elle s'est levée du piano, a refermé doucement le clavier, rabattu la grande aile noire du couvercle, caressé la laque brillante et douce.

— J'aimerais venir travailler ici, a-t-elle dit. Un peu plus tard.

— La clé du chalet sera chez les Régnier. Je ne sais pas encore comment je vais organiser mon temps, maintenant. Je dois réfléchir. Mais j'aimerais savoir que vous êtes ici.

Elle lui a souri. Ils ont peu parlé. Un voile léger adoucissait le temps et les choses.

Avant de monter dormir, elle a ouvert la porte-fenêtre pour respirer l'air de la nuit. Il l'a rejointe sur le seuil. La pluie tombait encore, faible maintenant, régulière. Ils ont écouté la basse continue du torrent gronder au fond de l'ombre. Puis elle a posé sa main sur le bras de Paul, s'est hissée sur la pointe des pieds pour déposer un baiser sur sa joue.

— À demain, Paul.

Il lui a rendu son baiser, il s'est senti heureux, il s'est étonné de s'entendre lui dire merci, peut-être ne l'a-t-il même pas prononcé à voix haute ?

Le soleil a gagné la forêt, puis la vallée, l'orage a tout lavé, l'air est de cristal, tout est neuf, le vert tendre des mélèzes, l'herbe semée de gouttelettes. Elle sort sur la terrasse, sa valise à la main. Il se charge des deux derniers cartons et tous deux descendent vers le chemin, assurant leurs pas dans l'herbe glissante.

Et maintenant, elle une main sur la portière ouverte, lui debout devant elle, ils sont en peine de mots et se sourient. Échangent encore un baiser de tendresse. Elle monte dans la voiture, il referme doucement la porte.

Un sourire, lumineux, lorsqu'elle repasse devant lui après son demi-tour. Il tient encore son bras levé, sans forces, quand la voiture disparaît au coude du chemin.

Alors, il le laisse retomber. Attend un peu que se comble, comme en un appel d'air, le vide qui vient de se creuser autour de lui.

Il faut penser aux temps qui viennent. Comment vivre. Il se souvient qu'il voulait écrire. Il va avoir tout son temps. Il faut remonter. Cinquante mètres à peine. Une longue escalade.

De la forêt, là-haut, près de la source, sort une silhouette noire. Il reconnaît Aline. Elle ne marche pas comme d'habitude, de ce pas ferme qui ignore les obstacles, elle descend comme tirée malgré elle par la pente, par saccades, où ses jambes chaque fois fléchissent. Les bras ballants le long de son corps, les mains ouvertes et vides.

Il monte à sa rencontre.

Achevé d'imprimer
sur Roto-Page
par l'Imprimerie Floch
à Mayenne, le 13 février 2006.
Dépôt légal : février 2006.
Numéro d'imprimeur : 63756.

ISBN 2-07-077507-0 / Imprimé en France.

137510